턴아웃

턴아웃

하은경 장편소설

특별한서재

차
례

I

〈백조의 호수〉 3막이다. 제나는 숨을 크게 내쉬고 나서 무대로 뛰어들어갔다. 흑조 오딜이 왕자에게 사랑을 갈구하는 장면이다. 홀릴 듯한 미소를 지으라고 서 단장이 수십 번 가까이 다그쳤던 장면이었다. 토슈즈를 신은 발끝이 심상치 않았다. 뭔가 이물질이 들어 있는 것처럼 걸리적거린다. 미소를 잃지 않으려 애쓰며 푸에테 동작을 시작했다. 한쪽 다리로 중심을 잡은 채 다른 쪽 다리를 놀리며 서른두 번의 회전을 시도하는 순간이었다. 발끝이 아팠다. 유리 조각이 순식간에 엄지발가락 한 마디를 관통하더니 두 번째 마디를 푹 쑤셨다. 아프다……. 아프다……. 너무 아파 쓰러질 것 같다.

제나는 안간힘을 쓰며 객석을 내다보았다. 이천여 명의 객석이 빈틈없이 꽉 찼다. 어둠 속에서 관객들이 숨을 죽이며 자기를 쳐다보고 있다. 제나는 발가락이 아파 숨이 막힐 지경이었다. 당장이라도 무대를 뛰쳐나가고 싶었다. 객석 가운데 두 번째 줄에 앉아 있는 엄마와 눈이 마주쳤다. 딸의 갑작스러운 표정 변화를 눈치챈 걸까. 엄마의 눈빛이 불안하게 흔들리더니 이내 고양이같이 도도한 눈으로 제나를 응시했다. 이제 무대를 뛰쳐나갈 수도 버틸 수도 없다. 제나의 눈가에 눈물이 고여 들었다. 엄마는 눈물을 감지한 게 틀림없었다. 입술을 앙다물며 단호한 표정을 지었다. 제나야, 계속 춤을 춰야 해! 엄마처럼 뛰쳐나오면 안 돼! 죽더라도 무대 위에서 죽어!

"말도 안 돼!"

제나가 침대에서 벌떡 일어나 앉았다. 악몽을 꿨다. 온몸이 땀으로 축축이 젖어 들었다. 아직도 엄지발가락이 아렸다. 정말로 유리 조각에 찔린 것처럼 발가락을 매만졌다. 오디션을 앞두고 긴장한 걸까. 하지만 제나는 오디션이나 콩쿠르를 앞두고 좀처럼 긴장하는 법이 없었다. 때문에 왜 이런 꿈을 꿨는지 이해할 수가 없었다. 자신을 응시하던 엄마의 커다란 눈망울이 떠올랐다. 엄마의 얼굴을 지우려고 제나는 인공지능에게 말을 걸었다.

"비비안, 악몽을 꿨어. 유리 조각이 들어간 토슈즈를 신고 공연하는 꿈이었어. 발가락이 아파 진짜 죽는 줄 알았다고. 꿈풀이를 해줘."

21세기 반을 훌쩍 넘긴 이 시기에 꿈풀이가 유행하고 있었다. 과학 기술이 발전할수록 사람들은 불안해했고, 꿈풀이나 사주팔자, 운세 같은 미신에 의지했다. 둥근 탁자 옆에 서 있던 인공지능 로봇의 눈에 파란 불이 들어왔다. 키 작은 눈사람 모양을 한 인공지능은 언제나처럼 감정을 실은 듯한 투로 말했다.

"저런, 아찔했겠어요! 대인관계에 문제가 생길 수 있으니 조심하라는 암시가 들어 있는 꿈이군요."

제나가 언짢은 얼굴로 물었다.

"대인관계를 조심하라면, 발레단 단원들을 말하는 거니?"

"단원들일 수도 있고 그밖에 제나 님이 알고 지내는 사람들일 수도 있지요."

제나의 머릿속에 퍼뜩 소율의 얼굴이 떠올랐다. 작고 마른 얼굴에 늘 그늘이 드리워져 있는 아이, 김소율. 한때 절친이었으나 지금은 자신을 경쟁자로만 여기고 있는 소율을 떠올리자 제나는 저절로 얼굴이 찌푸려졌다.

"소율이겠지, 뭐. 걘 날 못 잡아먹어서 맨날 난리니까."

제나의 표정을 감지하며 인공지능 비비안이 조심스럽게 조언을 했다.

"음……. 제 생각엔 제나 님의 심리 상태를 반영한 것 같아요. 오디션 준비 하느라 무척 긴장했을 테니까요."

제나가 잘라 말했다.

"난 평상심을 유지하고 있는걸. 소율이하고 사이가 더 나빠질지도 모른다는 쪽에 걸겠어. 이보다 더 나빠질 수만 있다면 말이야."

"꿈은 미래를 읽어낼 뿐만 아니라 불안한 심리를 드러내기도 하죠."

"아니라니까. 난 긴장하지 않았어."

"그 커다란 오디션을 앞두고 긴장하지 않았다고요? 농담도 잘하시네요."

"진짜야. 정말 아무렇지 않다고!"

인공지능 비비안의 파란 불빛이 제나의 얼굴을 비췄다. 잠시 침묵한 뒤 비비안이 말했다.

"제나 님은 멘탈이 강하죠. 하지만 수연 님은 그렇지 않은 것 같아요. 요즘 수연 님은 제나 님보다 훨씬 더 긴장하고 있어요."

비비안의 말에 제나가 입술을 삐죽였다.

"엄마는 맨날 그렇지. 도대체 누가 오디션을 앞두고 있는지 모르겠어!"

비비안의 파란 불빛이 좌우로 쉴 새 없이 움직였다. 마음이 불편한 상태라는 뜻이었다.

조금 뒤 비비안이 대꾸를 했다. 차분함을 잃지 않은 목소리였다.

"어쨌든 제 생각입니다. 오늘 오전 10시에 오디션 있는 거 기억하고 있죠? 서울시립발레단 〈지젤〉 오디션입니다. 행운을 빌어요."

제나는 불 꺼진 인공지능을 마땅치 않은 눈으로 바라보았다. 어디서든 엄마한테서 벗어날 수가 없었다. 심지어 제나의 인공지능한테까지 엄마 이야기를 들어야 했다. 단둘이 살면서 엄마의 간섭이 더욱 심해졌다. 이건 정말이지 간섭 정도가 아니라 지긋지긋한 집착이었다. 특별한 날이 아니면 제나는 아빠를 만나지 않았다. 서울시립발레단에 입단한 뒤 너무 바빠졌기 때문이다. 제나는 작년에 일반 고등학교 과정과 같은 발레스쿨 5년 차에 접어들면서 서울시립발레단에 입단했다.

또다시 발가락이 욱신거렸다. 꿈 때문이 아니었다. 발갛게 부어오른 발가락들 때문에 요즘 통증에 시달리고 있는 탓이었다. 발가락을 손으로 매만지며 어쩔 수 없이 엄마의 오른쪽 발등에 난 상처를 떠올렸다. 엄마의 발등에는 5센티미터쯤 꿰맨 흔적이 남아 있다. 상처 자국은 지렁이가 꿈틀거리고 있는 것처럼 징그러웠다.

그러니까 제나가 꾼 꿈은 오래전 엄마에게는 현실이었다.

20여 년 전의 일이었다. 네덜란드 국립발레단에서 수석 무용수로 발레를 하던 엄마에게 불운한 사고가 터졌다. 〈호두까기 인형〉을 공연하던 중 엄마는 큰 부상을 입었다. 누군가 토슈즈에 날카로운 물건을 집어넣었다고 했다. 의사가 발등에서 빼낸 건 엄지손가락 반만 한 길이의 유리 조각이었다. 엄마는 유리 조각이 발등을 파고들어 오는 고통 속에서도 공연을 완주했고, 의사는 그런 엄마에게 지독한 사람이라고 말했다고 한다. 어떻게 그토록 큰 고통을 참고 발레 공연을 마칠 수가 있었냐면서. 엄마는 뭔가 날카로운 이물질이 느껴졌으나, 몹시 긴장한 나머지 그대로 무대로 뛰어들었다고 했다.

그 부상으로 엄마는 1년 동안 발레를 쉬었다. 유리 조각이 발등의 인대뿐만 아니라 뼈를 손상시켰기 때문이다. 그러나 1년이 지난 뒤에도 엄마는 발레단에 복귀하지 않았다. 뿐만 아니라 영원히 발레를 떠나기로 결심했다. 몸은 회복됐으나 마음이 회복되지 않은 탓이었다. 자신을 경쟁자로 여기는 누군가가 숨죽이며 자신을 지켜보고 있는 것 같아 마음 놓고 토슈즈를 신을 수가 없었다고 말했다. 그 경쟁자가 또 유리 조각을 집어넣을까 봐 너무나 두려웠기에. 토슈즈 안을 몇 번이나 살피고 털어낸 뒤에야 겨우 발을 집어넣을 수 있었다.

그 사건 뒤 엄마는 불안증을 크게 앓았다. 그리고 피 묻은 유리 조각을 하얀 헝겊에 싸서 보관하는, 다소 기이한 행동을 했다. 그걸 두고 보면서 더 이상 사람에게 다치지 않을 거라고, 다짐했다고 한다.

왜 범인을 찾아 벌주지 않았느냐는 제나의 물음에 엄마는 고개를 저으며 대답했다. 심신이 지쳐 그 어떤 일도 할 수가 없었다고. 그러면서 제나에게 사람을 조심하라고 말했다. 알지 못하는 사람뿐만 아니라, 잘 알고 지내는 사람도 조심하라고 말했다. 심지어 자기 자신도 조심하라고 했다. 감정의 기복이 심한 예술가들은 순식간에 자신을 놓아버릴 수 있다면서. 어쨌든 엄마는 더 이상 발레리나가 아니었다. 갈채와 환호를 누리던 프리마 발레리나에서 열성적인 발레맘이 되었다.

제나는 인공지능의 가슴에 두드러진 시계 불빛을 내려다보았다. 7시 50분. 서둘러 서울시립발레단이 있는 오페라 극장으로 가야 한다. 여전히 마음이 좋지 않았다. 역시 꿈자리가 뒤숭숭해서일까. 하지만 오디션을 앞두고 마음이 좋지 않은 건 꿈 때문만이 아니었다.

한 달 전 서울시립발레단 수석 무용수가 죽었다. 자살이라는 충격과 함께 또 다른 충격이 한동안 발레단을 뒤흔들었다. 부검 결과, 수석 무용수 송라희는 나노칩 시술로 몸을 개량한 발레리나였다.

턴아웃

2

소율은 휴대전화에 귀를 기울이며 오페라 극장을 향해 걸었다. 홀로그램 AR로 발레를 가르치는 아이의 엄마와 통화하는 중이었다. 해리 엄마는 통화를 했다 하면 20~30분쯤 소율에게 매달린다. 징징거리는 목소리가 딸 해리와 똑 닮았다.

한동안 요즘 해리 상태에 대해 늘어놓던 해리 엄마가 말꼬리를 흐리며 말했다.

"선생님, 이런 말씀 드리게 돼서 죄송한데……."

소율은 단번에 목덜미가 당겨왔다. 발레스쿨 시절부터 아이들에게 발레 레슨을 해오던 소율이었다. 그런데도 학부모가 쏟아내는 이런저런 불평에 대처하는 방법이 즉

각 떠오르지 않았다.

"우리 해리가 또 발레를 하고 싶지 않대요."

소율이 딱딱하게 굳은 얼굴로 물었다.

"해리가요? 저한테는 그런 내색을 하지 않았는데요."

"해리가 저한테 그렇게 말했는걸요. 선생님이 하유만 예뻐해서 발레를 배우고 싶지 않대요."

'수준하고는…….'

그 엄마나 딸이나 유치하기 짝이 없었다. 소율은 어이가 없었으나 참을 수밖에 없었다. 남의 돈을 받는 건 쉬운 일이 아니었다. 그래도 엄마 아빠에 비하면 자신은 쉽게 돈을 번다고 생각했다. 밤늦은 시간까지 비좁은 식당 안에서 종종거리며 서서 일하지 않으니까. 엄마 아빠를 떠올리자 소율은 울컥했다. 발끈한 마음을 가라앉히며 달래듯 말했다.

"그럴 리가요. 하유처럼 해리도 제게는 귀여운 아이예요."

"그렇죠?"

"그럼요, 어머니."

휴대전화를 타고 옅은 한숨 소리가 들려왔다. 약간의 틈을 보이자 해리 엄마가 또다시 징징거렸다.

"우리 해리가 워낙 예민한 아이라서 말이지요. 그래도

턴아웃

발레에는 소질이 있지 않나요? 선생님, 우리 해리 좀 잘 부탁드려요."

소율은 지금 무슨 소리를 하는 거냐고 묻고 싶었다. 얼굴을 마주 보고 하는 대화가 아니라서 다행이라고 생각했다. 그랬다면 어이없어하는 소율의 표정을 알아봤을 테니까. 소율이 보기에 해리는 발레리나로 성공하기엔 결정적인 문제가 있었다. 아무리 봐도 골격이 너무 컸다. 게다가 살이 찌는 체질이었다. 그러나 아이를 발레리나로 키우겠다는 해리 엄마에게 차마 그런 말을 할 수가 없다. 말이 많은 이 여자는 틀림없이 소율에 대해 좋지 않은 소문을 퍼뜨리고 다닐 것이다. 발레맘 커뮤니티에 좋지 않은 글을 올리면, 아이들이 떨어져 나가는 건 순식간이다.

"그럼, 선생님만 믿을게요. 제가 해리를 달래서 수업에 꼭 들어가게 할게요."

굳이 그렇게 하지 않아도 되는데……라고 말하고 싶었으나 소율은 이번에도 꾹 참았다. 해리 엄마가 쏟아내는 말을 흘려들으며 지나가는 스포츠카에 눈을 두었다. 로열블루 빛깔의 스포츠카가 오페라 극장 지상 주차장에서 멈춰 섰다.

"해리 어머니, 제가 지금 출근하는 중이거든요. 다음에 전화드릴게요."

극성 발레맘과 통화를 마친 소율은 멈춰 서서 다시금 스포츠카를 바라보았다. 스포츠카에서 서연조 단장이 내렸다. 서 단장은 오늘 H라인 초록색 민소매 원피스를 입고 출근했다. 서 단장은 어깨에 닿는 일자 머리 스타일을 오래도록 고수했다. 새치 하나 없는 흑발은 가무잡잡한 피부에 잘 어울렸다. 연이어 오디션 심사를 치러서인지 지친 듯 얼굴빛이 어두웠다.

소율은 눈을 들어 맞은편 오페라 극장을 바라보았다. 화강암으로 만든 서구식 원형 건물 지붕에 전통 기와를 얹은 5층 건물이다. 건축가는 처음 이 건물을 지을 때, 동양과 서양, 전통과 현대가 어우러진 건축물을 염두에 두고 만들었다고 했다. 서 단장은 저 건물 앞에서 광고를 찍은 적이 있었다. 4년 전, 소율이 발레스쿨 2년 차를 다닐 무렵이었다. 견학차 서울시립발레단에 왔다가 우연히 서 단장이 광고 찍는 광경을 보게 됐다. 4년 전이니 서 단장이 마흔다섯 살쯤 됐을 때였다. 소율도 잘 알고 있는 회사의 커피 광고였다. 서 단장은 오페라 극장을 뒤로한 채 하얀색 테이블 앞에 앉아 우아하게 커피를 마셨다. 카메라를 향해 시종 미소를 지었는데 스스럼없이 잘도 해냈다.

발레리나 생활을 마치고 발레단을 총괄하는 위치에 서면서도 서 단장은 종종 스포트라이트를 받았다. 서 단장

은 발레와 관련된 모든 공식 석상에 얼굴을 내미는 인사
였다. 그런 서 단장을 가까이에서 보며 소율은 꿈을 키웠
다. 자신도 서 단장처럼 살아야겠다고 마음먹었다. 그렇
게 살 수 있다면 얼마나 좋을까. 소율은 그렇게 되기 위해
지금껏 피나는 노력을 하고 있다고 자부했다.

서 단장이 오페라 극장 건물 앞에 다다를 때였다. 와이
셔츠 차림을 한 남자가 서 단장 곁으로 다가가며 말을 건
네는 모습이 보였다. 소율은 그 남자를 알고 있었다. 송라
희 사건 때문에 오페라 극장을 들락거렸던 형사였다.

'왜 또 단장님을 만나러 온 걸까?'

소율은 서 단장과 형사를 유심히 살펴보았다. 그러자
자연스럽게 죽은 송라희의 모습이 떠올랐다. 송라희는
취중에 다량의 수면제를 먹고 자살했다고 들었다. 그 소
식을 처음 들었을 때 소율은 무섭다는 생각이 먼저 들었
다. 안됐다는 생각은 한참이 지나서야 든 감정이었다. 송
라희는 발레리나들 중에서도 눈에 띄게 아름다웠다. 발
레 할 때 그녀가 만들어내는 몸의 선은 너무나 아름다웠
다. 그래서 누구나 선망하는 발레리나였다. 그런데 언제
부터인가 그녀는 안절부절못하는 모습을 보였다. 서른
일곱 살, 자신의 나이에 지나치게 집착하는 것 같았다. 종
종 술 냄새를 풍기며 연습실에 나타나 단원들의 눈살을

찌푸리게 했다. 게다가 동작이 제대로 나오지 않을 때면 히스테리를 부려 연습 시간을 망쳐놓기 일쑤였다.

어느 날, 소율이 밤늦도록 발레 연습을 하고 있을 때였다. 별안간 복도에서 찢어질 듯한 라희의 목소리가 울려 퍼졌다. 이윽고 라희가 연습실 문을 벌컥 열고 안으로 들어왔다. 라희의 얼굴이 술에 취한 듯 발갛게 달아올라 있었다. 잠시 후 서 단장이 출입문을 열며 뒤따라 들어왔다. 소율은 얼른 연습실 구석진 곳으로 숨었다.

"제나 때문이죠? 전설적인 발레리나 신수연의 딸, 유제나! 날 내쫓고 걔 수석 무용수로 발탁하려는 거죠?"

라희는 정확하지 않은 발음으로 자꾸만 서 단장에게 따져 물었다. 알코올이 그녀를 부끄러움을 모르는 어린아이로 만든 것 같았다. 서 단장은 코웃음을 쳤다. 소율은 라희의 말이 틀린 것 같지 않았다. 제나의 엄마가 서 단장과 절친이라고 했으니까. 그런 소문이 돈다는 걸 모를 리없는데도 서 단장은 당당했다.

"맞아. 다 알다시피 제나는 전설적인 발레리나 신수연의 딸이야. 하지만 제나는 그 전설을 뛰어넘을 아이야. 스타를 탄생시키는 일에 있어서 단 한 번도 내 직관은 틀린적이 없었어."

"호호……. 대단도 하셔라……."

턴아웃

서 단장이 화를 참으며 이어 말했다.

"너 역시 찬란한 별이라는 걸 난 첫눈에 알아봤어. 하지만 알코올이라는 훼방꾼이 나타날 거라는 것까지 짚어 낼 안목은 내게 없었단다."

소율은 서 단장의 말이 맞다고 생각했다. 도대체 송라희가 알코올 중독자가 되어 발레 인생을 망치게 될 줄 누가 알았겠는가. 요즘 유행하고 있는 별점을 치는 점쟁이라면 또 모를까.

그래도 라희는 막무가내였다. 서 단장은 한심하다는 표정을 지으며 라희를 바라보았다.

"라희야……. 너도 한때는 큰 별이었어. 내가 널 키웠는데 왜 모르겠니? 하지만 시간이 흐르면 네 주변에 더 빛나는 별이 생긴다는 사실을 깨달아야지. 우리는 나이를 먹어. 그리고 새 별이 등장하는 거야. 그건 제나라고 달라지지 않아. 우주 저 먼 곳에서 언제나 새로운 별이 탄생하는 법이니까."

나이를 먹었다는 비아냥거림에 라희가 발작적으로 눈알을 부라렸다. 가장 취약한 부분을 건드린 것이다. 발악하는 라희를 노려보다 서 단장이 연습실을 나갔다.

라희는 바닥에 주저앉아 흐느끼기 시작했다. 소율은 하는 수 없이 연습실 구석에서 걸어 나왔다. 라희의 흐느끼는 소리가 점점 더 커졌다. 밖으로 나오면서 소율은 나이를 먹어도 절대 라희 선배처럼 되지 말아야지, 하고 다짐했다. 그러면서 라희가 좀 안쓰럽다는 생각을 했다. 그뿐, 소율은 아랫입술을 꽉 깨물었다. 제나가 세계 최고의 발레리나가 될 재목이라고? 누구나 인정하는 그 말을 서 단장에게 직접 들으니 충격이 배가됐다. 말할 수 없이 비참한 기분이 들었다.

그런 일이 있고 며칠 뒤 소율은 라희의 문자를 받았다. 할 말이 있으니 카페에서 만나자는 짧은 내용의 문자였다. 소율은 내키지 않았으나 약속 장소에 나갔다. 카페 한구석에 앉아 있는 라희는 한눈에도 중증 환자처럼 보였다.

소율이 자리에 앉자마자 라희가 물었다.

"너, 유제나 미워하지?"

순간적으로 소율은 얼굴을 일그러뜨렸다. 라희가 입가에 야비한 웃음을 띠며 또다시 물었다.

"내 말이 맞지? 걔 아주 미워 죽겠지?"

소율은 라희의 눈을 똑바로 보았다. 어쩔 수 없다고 생각해서 솔직히 털어놓았다.

"네. 제나는 완전 재수 없어요."

라희가 이를 드러내며 깔깔거렸다. 소율은 역시 잘못 나왔다는 생각을 했다. 저런 부류의 인간하고 마주 앉아

턴아웃

차를 마시는 시간이 아까웠다. 자신은 운 좋게 부자 부모를 만나 발레만 할 수 있는 처지가 아니었다. 시간을 쪼개서 아르바이트를 해야 했고, 과대망상증에 걸린 발레맘의 비위를 맞춰 가며 그들에게 돈을 받아내야 했다. 그리고 남은 시간엔 누구보다 더 많은 양의 발레 연습을 해야 했다.

자리에서 먼저 일어나려고 할 때였다. 라희가 테이블 위에 자신의 휴대전화를 내려놓으며 말했다.

"그 안에 파일이 저장돼 있어. 그걸 너한테 전해주려고 만나자고 했어."

라희는 생글거리는 눈빛으로 소율의 얼굴을 살폈다. 소율은 신경질이 났다. 라희가 내미는 저 휴대전화에 뭐가 들었는지 관심 없었다. 시간이 아깝다는 생각에 바짝 조바심이 날 뿐이었다.

3

　오전 햇살이 조명등처럼 오페라 극장 외벽을 밝게 빛
냈다. 극장을 향해 걸어가며 연조는 자신이 2년 전보다
훨씬 늙어버렸다는 생각을 했다. 2년 동안 많은 일들이
있었다. 욕심내며 연이어 올린 공연들로 머릿속이 늘 분
주했고 긴장하며 지냈다. 국제 콩쿠르 심사에도 여러 번
참여했다. 또 작품을 홍보해야 하기에 발이 부르트도록
사람들을 만나러 다녔다. '와서 보세요!' 발레리나 시절
에는 상상도 할 수 없었던 일들이었다.

　그 많은 일들을 치렀음에도 자신의 얼굴에 주름을 도
드라지게 만든 건 수석 무용수 송라희 때문이었다. 해고
당한 라희는 죽기 이틀 전까지 단장실로 쳐들어와 난동

을 부렸다. 그런데 그녀가 나노칩 시술을 했을 줄이야. 그 사실을 감쪽같이 속이며 한동안 수석 무용수로 활약했다. 연조는 그 생각만 하면 아직도 분했다. 발레단에 휘몰아친 폭풍을 수습하느라 지금도 안간힘을 쓰는 중이었다.

극장 건물 앞에 다다를 무렵이었다. 넥타이를 매지 않은 흰색 와이셔츠 차림에 감색 재킷을 한 손에 든 남자가 연조 곁으로 다가왔다.

"단장님, 안녕하십니까?"

남자가 알은체하며 인사를 했다. 연조는 걸음을 멈추고 남자를 바라보았다.

'김형민 형사라고 했던가?'

연조는 재빨리 남자의 이름을 기억해냈다. 서울시립발레단 단장 일을 하면서 사람들의 이름을 익히는 일에 신경 썼다. 후원금 받는 사업에 직접 관여하는지라 어느덧 습관이 돼버린 탓이다. 김형민 형사는 송라희 사건 때문에 발레단을 들락거렸던 중구경찰서 소속 형사였다. 중키에 몸이 호리호리한 남자였다. 아무리 봐도 마흔을 넘긴 것 같지 않았다. 눈꼬리가 처진 눈매가 순해 보였으나 눈빛이 예리했다. 그 눈빛 때문에 연조는 앞에 서 있는 남자가 형사라는 걸 첫눈에 알아봤다.

"그동안 별일 없으셨지요?"

다시금 묻는 인사치레에 연조가 입을 열었다.

"뭐 그럭저럭이요. 김형민 형사님도 잘 지내셨나요?"

서 단장의 낮은 목소리에 김 형사가 씩 웃었다. 몇 차례 만난 적이 있었으나 연조는 그가 웃는 모습을 본 적이 없었다. 김 형사는 이름을 기억해주는 것만으로 저렇게 흐뭇해했다. 연조는 김형민 형사의 와이셔츠 한쪽 칼라에 꽂혀 있는 단추를 눈여겨보았다. 단추 안에 초소형 카메라가 들어 있다. 저 초소형 카메라로 지금 자신의 동영상을 찍고 있을 것이다. 영상은 실시간으로 경찰 본부에 보내질지도 모른다.

"네, 저야말로 그럭저럭 지내고 있습니다."

대답하고 나서 김 형사는 겸연쩍은 낯빛으로 연조를 보았다. 또다시 라희 이야기를 꺼내려는 거라고, 연조는 짐작했다.

"송라희 씨 사건에 대해 몇 가지 여쭙고 싶은 게 있어 찾아왔습니다. 좀 궁금한 게 있어서 말입니다."

연조는 미간을 찌푸렸다. 한 달 전 그 일을 되풀이할 생각을 하니 신경이 곤두섰다.

"궁금한 거라니요? 라희는 자살했다고 밝혀지지 않았나요?"

"네, 그렇긴 합니다만……."

턴아웃

"그럼 뭐가 궁금하신 거죠? 이제 와서 라희를 누가 죽이기라도 했단 말씀인가요?"

날이 선 연조의 물음에 김 형사가 당황한 낯빛을 했다. 연조는 아차, 싶었다. 저 남자가 꽂아놓은 단추 안 카메라에 찍힐지도 모른다는 사실을 잊었다. 냉정을 찾기로 마음먹었다.

"죄송합니다. 제가 지금 몹시 예민한 상태라서요. 아시다시피 발레를 좋아하는 대중들에게 외면당할 뻔한 사건이 저희 발레단에서 일어나지 않았습니까? 저희 발레단은 발레리나의 그 어떤 과학 시술도 용납하지 않는 걸 원칙으로 하고 있습니다. 그런데 그런 사건이 터졌으니 제가 그 어느 때보다 바쁘게 지내고 있습니다. 이미지를 회복해야 하니까요. 이미 지나간 일을 자꾸 이렇게 들춰내시면……."

"이거 정말 죄송하게 됐습니다."

김 형사가 고개를 구십 도로 숙였다. 그러고 나서 찾아온 용건에 대해 말을 꺼냈다.

"송라희 씨 휴대전화에 저장돼 있는 문건들 때문에 이렇게 다시 찾아왔습니다."

순간, 연조는 뜨악한 표정을 지었다.

"휴대전화에 대해서라면 그때 이미 다 조사하지 않았

나요?"

"아무래도 마음에 걸리는 게 좀 있습니다. 솔직히 말씀
드리자면 이건 순전히 개인적인 호기심에서 나온 것이지
만, 혹시 몰라서 이렇게 찾아뵙게 됐습니다."

연조가 냉랭하게 말했다.

"저는 이번 주 내내 오디션이 있을 예정입니다. 그런
사건이 일어났는데도 오디션을 보러 오는 발레리나들이
천 명 가까이 됩니다. 외국에서 온 발레리나들도 꽤 있는
걸로 알고 있습니다."

"아, 그렇군요!"

"다음 주 정도면 시간이 날지 모르겠군요."

"그럼, 다음 주 중에 전화드리고 다시 찾아뵙겠습니다.
바쁘신데 다시 한번 사과드립니다."

김 형사는 또다시 고개를 숙였다. 연조도 인사한 뒤 오
페라 극장을 향해 빠른 걸음으로 걸어갔다. 출입문 가까
이 다가간 순간 뒤돌아 작은 광장을 내다보았다. 김 형사
가 걸어가고 있었다. 몇 발짝 더 걸어가자, 다른 남자가
그 곁으로 다가왔다. 옆 모습만 보였으나 연조는 그 남자
를 기억했다. 한 달 전에 김형민 형사와 함께 발레단을 찾
아온 박 형사라는 남자였다. 그의 이름은 기억나지 않았
다. 아마 이름을 밝히지 않아서일 것이다.

"발레단을 또다시 휘저으려고 작정을 했군! 정말 귀찮게 생겼어."

연조는 굳은 얼굴로 중얼거리다 입을 다물었다. 송라희가 휘젓고 간 후폭풍이 장난이 아닐 듯싶었다. 그래도 고인이 된 사람을 드러내놓고 욕할 수 없었다. 생각해보면 안쓰러운 여자였다. 그녀가 서울시립발레단 수석 무용수가 되기까지, 타고난 재능에 얼마나 많은 노력을 했는지 잘 알고 있었다.

연조는 문득 네덜란드에서 발레를 하던 시절이 떠올랐다. 네덜란드에 머물던 6년 동안에는 곁에 수연이 있었다. 수연과 같이 발레를 하고 한집에서 밥을 먹고 잠을 잤다. 연조는 가끔 그 시절이 그리웠다. 발레만 잘하면 괜찮았던 시절이었다. 지금처럼 발레단 전체를 꾸리는 일은 당찬 연조에게도 솔직히 버거웠다.

단장실로 들어온 연조는 제일 먼저 손짓으로 센서를 움직여 블라인드를 올렸다. 녹음이 짙은 산이 내다보였다. 짙푸른 초록빛 산을 내다보자 숨통이 좀 트이는 것 같았다.

오디션이 끝나는 대로 공연 연습에 들어갈 것이다. 서울시립발레단 100주년 기념 공연을 〈지젤〉로 하기로 결정했다. 〈지젤〉은 1841년 파리 오페라 극장 초연 후 몇백

년에 걸쳐 관객에게 사랑받는 낭만발레의 대명사였다. 섬세하면서도 드라마틱한 지젤의 연기와 아름다운 군무를 선보이는 〈지젤〉이야말로 100주년 기념 공연에 어울릴 것 같아 선택했다.

그런데 불시에 수석 무용수 자리가 공석이 돼버렸다. 서둘러 주인공 지젤 역의 오디션 공고를 냈다. 공고가 나가고 한 시간도 지나지 않아 수백 명의 발레리나들이 서류를 접수했다. 연조는 라희의 죽음 때문에 잔뜩 조바심을 냈다. 자살한 수석 무용수가 나노칩 시술자였다는 오명 때문에 발레리나들이 지원하지 않을까 걱정했다. 하지만 기우에 불과했다. 과거의 서울시립발레단이 아니었다. 천여 명의 발레리나들이 오디션에 참가 신청서를 냈다.

조금 뒤, 연조는 홀로그램 스크린을 보며 오늘 잡힌 오디션 순서를 체크했다. 고만고만한 얼굴들이다. 커서를 움직이자 제나의 얼굴이 떴다. 자그맣고 귀여운 제나의 얼굴에 잠시 눈을 두었다. 제나는 수연의 딸이었다. 제나가 발레스쿨에서 이미 뛰어난 발레리나라는 소문을 연조도 들어 알고 있었다. 제나는 작년에 발레단에 입단했다. 발레스쿨에서 뛰어난 재능을 지닌 발레리나들이 서울시립발레단에 들어와 있다. 프로필 사진을 보니 제나는 수연을 빼닮았다. 실물로 처음 봤을 땐 천문학자인 아빠를 닮았다고 생각했는데, 아마도 수연과 분위기가 달라 그렇게 느꼈는지도 모른다.

제나를 시기하던 라희의 얼굴이 떠올랐다. 그러나 연조는 곧 중심을 잡아야 한다는 생각을 했다. 이제 자신은 더 이상 발레리나가 아니었다. 세계 최고 발레단으로 도약한 서울시립발레단의 단장이었다. 서울시립발레단은 파리오페라발레단, 러시아 마린스키와 볼쇼이발레단, 영국 로열발레단, 미국의 아메리칸발레시어터와 어깨를 나란히 하는 발레단이 되었다. 그리고 그 성취의 중심에 서연조 단장이 있었다.

대부분의 유럽 발레단들은 발레리나의 유전자 조작이나 나노칩 시술을 허용했다. 특히 영국 로열발레단은 발레리나의 과학 시술을 인정한 최초의 발레단이었다. 영국은 치료나 연구 목적 외에 유전자 조작을 허용한 첫 번째 나라이기도 했다. 때문에 극성맞은 발레맘들이 유전자 편집 기술을 이용해 딸을 낳아 발레리나를 시켰다. 나노칩 시술을 받지 않은 발레리나가 없을 정도였다. 많은 논쟁과 비판에도, 발레리나들은 인대가 파열되고 뼈가 틀어지거나 금이 가는 부상을 줄여보려고 발버둥쳤다.

이제 발레리나의 과학 시술을 금지하는 나라는 미국과 러시아, 한국을 비롯한 아시아권 몇몇 나라에 불과했다. 국제발레협회에서는 과학 시술을 놓고 팽팽한 논쟁을 벌였다. 유럽 발레단은 과학 시술을 받은 발레리나들도 예술가라고 목소리를 높였다. 발레는 감성의 영역이며, 시술했어도 피나는 노력으로 이루는 예술이기 때문이라는 것이다. 또한 과학 시술을 하는 건 단지 부상을 줄이려는 목적이지 결코 예술의 영역을 침범하는 건 아니라고 했다.

연조는 과학 시술이 점점 대세가 되고 있는 현실이 착잡하기만 했다. 그들이 아무리 우겨도 그건 예술이라고 할 수 없었다. 때문에 자신이 단장으로 있는 이곳 발레단에서는 그 어떤 과학 시술도 용납하지 않았다. 더구나 한국은 치료나 연구 목적 외에 나노칩 시술이나 유전자 조작 시술을 금지시켰다.

홀로그램 스크린에 눈을 두다 말고 비디오콜을 바라보았다. 정영하 박사에게 전화를 걸어야 할 것 같은 생각이 들었다. 얼마 전, 발레단 단원들에게 메디컬테스트를 다시 하라는 정부 기관의 공지가 내려왔다. 나노칩 시술로 몸을 개량한 송라희 때문이었다. 이번에도 정영하 박사가 맡아주겠지만 직접 만나 이야기를 꺼내야겠다고 생각했다. 정영하는 2년 전 수연을 통해 소개받은 YHJ바이오테크 연구소 소장이었다.

4

소율은 〈지젤〉 2막 지젤 베리에이션을 준비했다. 목관
악기 특유의 차분하면서도 슬픈 선율이 오디션장 안에서
흘렀다. 사랑하는 남자의 배신으로 처녀 귀신 윌리가 된
지젤. 명랑하고 순박한 모습은 사라지고 어느덧 가엾은
혼령이 되었다. 2막 지젤을 표현하는 소율의 감정 연기는
훌륭했다. 동작 또한 흔들림 없이 정확했다. 특히 지젤 베
리에이션의 백미, 애티튜드 턴을 반복할 때는 심사위원
석에서 감탄의 소리가 흘러나왔다.

오디션을 마친 소율이 가쁘게 숨을 내쉬며 미소를 지
었다. 생각보다 만족스러운 춤을 췄다. 냉정하기만 한 서
연조 단장의 눈빛이 서서히 변하는 걸 분명히 봤다. 소율

은 밖으로 나가려다 말고 뒤돌아 오디션장 한쪽으로 걸어갔다. 제나가 춤추는 모습을 확인하고 싶어서였다. 제나는 로미 다음 순서였다. 서울시립발레단 수석 무용수는 공석이다. 솔리스트들이 있는데도 지젤 역 오디션을 본다는 건, 어쩌면 이번 오디션에서 지젤로 발탁된 발레리나에게 수석 무용수의 가능성을 열어뒀을지도 모르는 것이다. 때문에 이번 오디션은 발레리나들에게 그 어느 때보다 중요했다. 소율은 그 생각만 하면 가슴이 너무 떨렸다. 조금 전까지 자신만만했던 오디션에서 실수한 건 없는지 자꾸 되새겼다.

소율은 오디션장 한쪽에 서 있는 제나를 주시했다. 얼마나 잘하는지 두 눈으로 똑똑히 지켜볼 생각이었다.

오디션장 안에서 음악이 흘러나왔다. 그 유명한 리카르도 드리고의 지젤 베리에이션이다. 네 박자 뒤 제나가 오디션장 심사위원석 앞으로 뛰어나왔다. 그녀의 점프는 깃털처럼 가벼웠다. 자신처럼 감정 표현이 더 풍부한 2막을 준비할 줄 알았는데, 예상과 달리 제나는 〈지젤〉 1막을 준비해 왔다.

제나는 첫 동작부터 지켜보는 이들을 압도했다. 무엇보다 몸의 선이 너무 예뻤다. 유난히 길고 가느다란 팔과 다리는 감정을 표현하는 데 적절하게 사용됐다. 작고 동그란 얼굴은 윤곽이 뚜렷해 멀리 떨어진 객석에서도 단연 돋보였다. 감정 표현은 말할 것도 없고, 연기와 마임을 곁들여야 하는 1막의 지젤을 능청스럽게 잘도 해낸다. 제나가 그 유명한 쿠페 바트망을 추기 시작했다. 일명 '통통통' 동작이다. 정말이지 흠 잡을 데 없이 발랄한 동작이다. 순박한 시골 아가씨 지젤을 저토록 아름답게 표현하다니. 토슈즈가 바닥에 부딪히는 소리를 내지 않는다면 허공을 날고 있는 것처럼 느껴졌을 것이다.

소율은 자신의 선택이 탁월하다고 확신했으나 그게 아니었다. 이미 천재 발레리나라고 불리는 제나는 어떤 씬이든 훌륭하게 소화해냈다. 소율은 자기가 생각해도 지독할 만큼 오디션을 준비했다. 레오타드가 땀에 절어 소금 더께가 묻어날 정도였다. 종이테이프로 칭칭 감은 채 발가락에 생긴 물집을 터트리기를 수없이 반복했다. 단 하루도 파스 냄새에서 벗어난 적이 없었다. 하지만 제나를 향해 터지는 박수 소리와 탄성에 하늘이 무너져 내리는 기분이 들었다.

송라희가 죽기 얼마 전, 소율은 그녀에게 전해 받은 파일을 열어보았다. 뜻밖에도 그 안에는 제나의 메디컬테스트 기록이 들어 있었다.

'도대체 뭘 어쩌자는 거지?'

처음에 소율은 라희의 의도를 파악할 수가 없었다. 그러나 점차 제나의 메디컬테스트에 문제가 있을지도 모른다는 생각이 들었다. 그래서 생명공학 연구원인 사촌 오빠에게 파일을 보내며 해독해달라고 부탁했다. 그러나 사촌 오빠한테서는 한동안 아무런 대답이 없었다. 조금 더 지난 뒤 사촌 오빠는 논문 발표 때문에 무척 바쁘다면서 기다리라는 문자를 보냈다.

소율은 창백한 얼굴을 하고서 오디션장 밖으로 나왔다. 로미가 유리 벽 너머로 오디션장 안을 살피고 있다. 보나마나 제나를 기다리는 것이다. 눈이 마주치자 로미는 노골적으로 소율의 눈을 피했다. 소율은 로미가 못마땅했다. 제나한테 붙어 다니면서 친한 척하는 모습이 역겨웠다. 어릴 적 제나의 절친은 바로 자신이었다. 제나와 멀어진 건 둘 사이에 로미가 끼어든 탓도 있었다.

소율은 탈의실에서 옷을 갈아입은 뒤 재빨리 오페라 극장을 나왔다. 한 시간 뒤 홀로그램 AR로 어린 학생들을 가르쳐야 한다. 엄마는 소율이 아르바이트하는 걸 내켜 하지 않았지만, 돈을 벌어야 하는 형편이었다. 그나마 홀로그램 수업이라도 할 수 있는 건 발레스쿨과 서울시립발레단 단원이라는 타이틀 덕분이었다.

발레단에만 입단하면 돈 드는 일은 없을 거라고 생각

했다. 월급은 적었으나 발레만 하면서 지낼 수 있을 줄 알았다. 하지만 생각보다 많은 돈이 들었다. 레오타드와 타이즈, 붕대, 토슈즈는 몇 개가 있어도 금세 해져 다시 사야 했다. 또 근육을 만들기 위해 일주일에 세 번씩 따로 PT 강습을 받았다. 작품비며 의상비 등 공연에 드는 비용도 만만치 않았다. 소율은 돈 걱정하지 않고 오로지 연습에만 몰두하면 얼마나 좋을까 싶었다.

집으로 돌아온 소율은 컴퓨터를 켠 뒤 AR 헤드셋을 쓰고 아바타들을 불렀다.

"얘들아, 다 모였니?"

소율은 일곱 살 먹은 꼬마 강습생 아바타들에게 말을 건넨 뒤 아이들을 훑어보았다. 휴, 짧은 한숨이 나왔다. 해리가 보이지 않았다. 결국 수강생 한 명이 떨어져 나갔다. 분주하게 움직이던 꼬마 아바타들이 차렷 자세로 서서 소율에게 인사했다.

"안녕하세요!"

소율이 애써 표정을 밝게 하며 말했다.

"오늘은 어떤 동작을 배우기로 했나요?"

보라색 튀튀를 입은 여자애가 얼른 대답했다. 여덟 명의 아이들 중 가장 활달한 여자아이였다.

"아라베스크 동작이에요."

"맞았어요."

소율은 보라색 튀튀를 입은 여자아이 곁으로 다가가 미소를 지어주었다. 여자아이가 의기양양한 얼굴로 소율의 아바타를 쳐다보며 씩 웃었다. 앞니 하나가 빠진 모습이 무척 귀여웠다.

"그럼, 지금부터 아라베스크 동작에 대해 설명할게요."

아이들이 두 눈을 반짝이며 소율을 바라보았다. 소율은 웃음이 나왔다. 아이들은 예뻤다. 수업은 지겹고 시간이 아까웠으나 순진한 얼굴을 보고 있으면 마음이 편안했다. 발레단에서 느끼는 압박감을 잊을 수 있기 때문이었다.

"아라베스크는 발레 동작에 아주 많이 나와요. 한쪽 다리로 중심을 잡고 다른 쪽 다리를 뒤로 뻗는 동작이에요. 손끝과 발끝도 이렇게 길게 만들어야지 동작이 아름다워요."

소율이 아라베스크 동작을 시범 보였다. 그러자 아이들이 한쪽 다리를 들어 올리는 동작을 따라 했다.

"아주 잘했어요. 그럼, 누가 제일 먼저 해볼까?"

이번에는 파란색 발레복을 입은 남자아이가 손을 번쩍 들었다.

"오, 시후가 먼저 해볼래?"

턴아웃

남자아이가 긴장한 얼굴로 고개를 끄덕였다. 그러고는 여자아이들에 비해 확실히 뻣뻣한 몸으로 아라베스크 동작을 했다.

"시후, 골반을 좀 더 열어야지! 중심 다리에 힘을 더 팍 주고 다리를 천천히 올려."

소율은 기우뚱거리는 남자아이의 골반을 양손으로 잡았다.

"자, 그대로 조금만 더 서 있어. 크게 숨을 들이마시고 다시 내쉬어!"

남자아이의 얼굴이 새빨갛게 달아올랐다. 그러나 턴아웃이 전혀 되지 않았다.

턴아웃은 발레의 기본 동작이자 발레를 정확하게 표현하는 결정적인 동작이다. 완벽한 턴아웃을 하려면 오랜 숙련 기간이 필요하다. 하지만 제아무리 연습해도 골반을 칠십 도 이상으로 턴아웃하는 발레리나는 거의 없다. 그런데 제나는 완벽한 턴아웃을 해냈다. 제나의 발레 동작이 누구보다 아름다운 건 바로 그 완벽한 턴아웃 덕분이었다. 소율은 자기도 모르게 얼굴을 찌푸렸다. 곧 냉정을 찾으며 물었다.

"자, 이번엔 누가 해볼까?"

하얀색 튀튀를 입은 여자아이가 천천히 손을 들었다.

소율이 눈여겨보고 있는 하유였다. 하유는 수줍음이 많았으나 발레를 굉장히 좋아했다. 어떨 땐 그 자그마한 어린아이에게 발레에 대한 열정이 엿보이기까지 했다.

하유를 보고 있으면 소율은 어릴 적 자신의 모습이 떠올랐다. 소율도 수줍음이 많은 아이였다. 낯가림이 너무 심해 엄마가 클럽 여기저기에 들어가게 만들었다. 그러나 소율은 그 어떤 클럽에서도 겉돌았다. 아이들과 마주치는 활동을 하면 할수록 말수가 더 줄어들어버렸다. 그런 소율에게 엄마는 발레를 가르쳤다. 초등학교 2학년 때였다. 그 어떤 클럽에서도 존재감이 없었던 소율은 발레 학원에서만큼은 달랐다. 사면이 거울 벽으로 만들어진 발레 교습소에서 나비처럼 날아다녔다.

어느 날 발레 교습소 선생님이 엄마에게 말했다.

'어머니, 소율이가 발레에 굉장히 소질이 있어요. 체형도 딱 발레리나 체형이고요. 발레 계속 시키세요.'

처음에 엄마는 그 말을 믿지 않았다. 학생들을 끌어모으기 위한 상술이라고 생각했다. 게다가 돈이 많이 든다는 발레 세계에 소율을 집어넣을 형편도 아니었다. 그런데 소율이 변하고 있었다. 병적일 만큼 내성적인 소율에게 미치도록 좋아하는 일이 생겼다. 그리고 발레 선생님 말대로 소율에게는 소질이 있었다. 각종 어린이 콩쿠르에서 수상을 했다. 지역 신문에 얼굴이 실릴 만큼 관심받는 발레리나가 됐다. 소율이 제나의 존재를 알게 된 것도 콩쿠르 때였다. 눈에 띄게 예쁜 여자애가 발레도 뛰어나게 잘했다. 소율은 발레스쿨에 입학하면서 제나를 다시 만났다.

어린 시절에는 치열하게 경쟁해야 할 대상도 이유도 없었다. 그저 발레가 좋아 열심히 연습했다. 발레스쿨 1년 차 때만 해도 소율은 제나와 친하게 지냈다. 함께 발레 공연을 보고 난 뒤 감상을 이야기할 때면 열에 들떠 두 눈을 반짝이던 소녀들이었다.

하지만 시간이 흐를수록 제나와 벌어지는 격차를 견딜 수 없었다. 어딜 가든 제나 이야기뿐이었다. 소율은 정말로 풀이 죽었다. 죽도록 연습하는데, 왜 자기가 제나한테 밀리는지 알 수가 없었다. 연습량이 소율 자신보다 많은 학생은 없었다. 소율은 지독한 연습벌레로 유명했으니까. 소율은 타고난 자질이 얼마나 무서운 건지 깨달았다. 처음으로 연습과 노력의 한계를 맛보았다. 모두 제나 때문이었다.

'제나가 사라져버렸으면 좋겠어!'

그런 생각을 하며 몸을 가늘게 떨고 있는 자신을 발견한 적이 있었다. 스스로 생각해도 자신이 무서웠다. 그러나 발레리나 세계에서 선의의 경쟁이란 말은 가식이었다. 우열이 드러나는데 어떻게 선의가 있을 수 있겠어! 그런 식의 경쟁은 적어도 소율에게는 없었다. 최고 발레리나가 되어 무대를 장악하는 것, 그것만이 소율이 발레를 하는 목적이었다.

하유가 아라베스크를 하고 있다. 무릎이 살짝 들어간, 곧게 뻗은 다리로 중심을 잡고 다른 쪽 다리를 구십 도 각도로 뻗었다. 턴아웃이 좋았다.

"하유, 잘했어."

하지만 딱 그만큼만 칭찬해주기로 했다. 더 이상의 칭찬은 나중에 아이에게 상처가 될지도 모르기 때문이다.

턴아웃

5

제나는 서둘러 연습실을 빠져나왔다. 출근하는 길에 아빠가 오페라 극장 앞에서 기다리겠다는 전화를 했다. 제나는 점심시간 동안 아빠를 만나기로 했다.

"제나야."

이탈리안 레스토랑 테이블에 앉아 태영이 제나를 불렀다.

"잘 지냈니?"

제나는 자리에 앉으며 아빠의 얼굴을 살폈다. 그사이 아빠 얼굴이 많이 그을려 있었다.

"오디션 준비 때문에 엄청 바빴어요."

제나는 얼굴을 찌푸렸다. 오디션 준비 하느라 고생했던 기억이 떠올랐기 때문이다. 그런데도 엄마는 조금도 만족스러워하지 않았다. 엄마의 기준은 언제나 발레리나 시절의 자기 자신이었다. 엄마는 스스로도 지독한 연습벌레였다고 말했다. 그 덕분에 유서 깊은 외국 발레단에서 쟁쟁한 발레리나들을 제치고 수석 무용수가 되었다고 했다. 그러면서 번번이 제나를 압박했다. 이번 오디션은 너무나 중요해서 꼭 지젤 역으로 발탁돼야 한다고. 누가 그걸 모르나! 목까지 치고 올라온 그 말을 제나는 꼭 눌러 삼켰다. 신경이 예민한 엄마의 마음을 거슬리기 싫었기 때문이다.

태영이 안쓰러운 얼굴로 제나를 보며 말했다.

"많이 힘들었겠구나. 너무 마음 쓰지 말고 결과를 기다리렴."

"그러려고요. 오디션 끝나고 난 뒤 기분은 정말 좋았는데……."

"그래? 그럼, 됐지."

제나가 피식 웃자, 태영이 메뉴판을 내려다보며 말했다.

"오디션도 끝났는데 우리 맛있는 거 먹자. 뭘 먹을까?"

태영이 메뉴판과 제나를 번갈아 보며 미소지었다. 제나는 아빠의 얼굴을 찬찬히 훑어보았다. 양쪽 눈꼬리 옆으로 주름들이 눈에 띄게 많이 늘었다. 게다가 까맣게 그을렸다. 늘 별만 바라보고 살면서 왜 주름이 늘어났을까.

제나는 고개를 갸웃했다.

"아빠, 얼굴이 왜 그래요? 제주 생활이 힘들어요?"

태영이 또 씩 웃었다.

"아빠 많이 탔지?"

제나가 고개를 끄덕였다. 태영은 즐거운 일이라도 있는 듯 말했다.

"요즘 틈틈이 농사를 짓고 있어. 천문대 가까운 곳으로 이사했는데, 집 마당에서 작물들을 키우고 있지. 햇빛과 물, 약간의 거름만 주는데도 그것들이 어찌나 쑥쑥 잘 자라는지 기특하더라. 생명이란, 약간의 관심만으로도 제 할 도리를 하며 잘 자라지."

의미심장한 아빠의 말을 들으며 이번에는 제나가 미소를 지었다. 아빠 말이 맞는 것 같다는 생각이 들었기 때문이다. 역시 아빠답다는 생각이 들었다.

조금 뒤, 흰색 와이셔츠에 검은색 나비넥타이를 맨 웨이터가 요리 접시를 들고 왔다. 입가에 미소를 띤 웨이터는 인간형 로봇이었다. 태영이 로봇을 빤히 쳐다보자 제나는 눈살을 찌푸렸다. 아빠는 로봇이 음식을 나르는 레스토랑을 좋아하지 않았다. 그 깍듯함이 묘하게 불편하다면서 웬만하면 진짜 사람이 서비스하는 음식점을 골랐다.

로봇이 요리를 내려놓고 사라지자 제나가 아빠에게 투덜댔다.

"아빠, 웨이터를 그렇게 빤히 쳐다보는 건 매너가 아니에요."

"하지만 저 로봇은 나한테 눈길도 주지 않던데?"

"아빠 같은 손님이 한둘이어야 말이지요. 아마 일일이 신경 쓰지 말라고 입력됐을 거예요."

그러고 나서 제나가 생각난 듯 물었다.

"근데 갑자기 왜 보자고 했어요?

태영은 스테이크 한 조각을 제나의 봉골레 파스타 접시에 놓아주다 말없이 제나를 바라보았다. 조금 뒤 멋쩍은 얼굴로 말을 꺼냈다.

"어제가 아빠 생일이었거든……."

"진짜요?"

제나가 포크를 접시 위에 탁 소리 나게 내려놓으며 큰 소리를 냈다. 태영이 또다시 개구쟁이 같은 웃음을 지었다.

"미안해요, 아빠. 오디션 때문에 진짜 정신이 없었어요. 어떻게 하지……."

태영이 말했다.

"뭘 어떻게 해. 이렇게 만나 얼굴 보면 됐지."

태영의 얼굴빛이 조금 전과 달리 편안해졌다. 자신의

턴아웃

생일을 잊은 딸에게 어떻게 말을 꺼낼까, 내내 고민하고 있던 차였다. 어제 수연에게 생일 축하 문자를 받았다. 당연히 제나에게 비디오콜이 올 줄 알았다. 떨어져 살면서 단 한 번도 아빠의 생일을 잊은 적이 없는 아이였으니까. 그런데 두 사람, 서로 소통하지 않고 지내는 걸까. 제나에게 자신의 생일이라는 것쯤은 알려줄 만도 한데 수연은 그렇게 하지 않았다.

후식이 나올 때쯤 태영은 아르 이야기를 꺼냈다. 재혼하고 3년 만에 얻은 딸이었다. 제나를 키울 때는 처음이라 귀여운 짓을 해도 모르고 지나갔다. 기억나는 건 분유를 달라고 까무러치게 울어대던 어린 제나의 모습뿐이었다. 제나를 얻은 것 외에는 결혼 생활이 행복하지 않았다. 딸에게 집착하는 수연 때문에 하루하루가 버거워진다고 느낄 무렵 이혼을 제안했다. 수연 역시 이혼을 생각하고 있었는지 태영의 제안을 받아들였다.

제나는 태영이 건네준 아르의 영상을 한참 들여다보았다. 다섯 살 먹은 아르는 점점 더 아빠를 닮아갔다. 가늘고 긴 눈매가 영락없는 아빠의 눈이다. 아기치고는 까맣고 풍성한 머리숱도 아빠를 닮았다. 제나는 언제나 엄마를 빼닮았다는 소리를 들었다. 아빠를 닮은 건 광활하고 먼 우주에 관심을 가지고 있다는 것뿐이었다. 자신이

가지고 있는 천문학 책들 중에 아빠가 쓴 책도 두 권이 있다. 제나는 가끔 아빠처럼 우주를 연구하며 살고 싶다는 생각을 하곤 했다. 하늘에 떠 있는 태양과 달과 다채롭게 빛나는 무수한 별들…… 지구 저 너머의 광활한 우주를 떠올리기만 해도 심장이 세차게 뛰었다. 별빛밖에는 그 어떤 것도 없는, 숨 막힐 정도로 고요한 우주라니. 그 한가운데 홀로 떠 있는 기분이 들 때면 경이로움에 온몸이 전율했다.

태영이 말을 꺼냈다.

"아르도 발레를 무척 좋아하고 있어. 네 영상 보면서 아주 반한 눈치더라. 동작도 막 따라 하고. 그 아이도 이담에 발레를 한다고 할지 모르겠다."

제나가 물었다.

"아빠 생각은 어떤데요? 아르에게도 발레를 시킬 생각이에요?"

태영이 잠시 생각한 뒤 대답했다.

"아니……. 굳이 그러고 싶지 않아. 널 보고 있으니 힘든 직업인 것 같아서……. 넌 아직도 발레가 좋니?"

제나는 입을 꼭 다물었다. 아빠가 아무렇지 않게 묻는 질문에 마음이 상하고 말았다. 제나가 물었다.

"그럼, 왜 나한텐 발레를 시켰어요?"

태영이 난감한 표정을 지으며 얼버무렸다. 뻔히 알고 있는 질문을 왜 굳이 꺼내는지 알 수가 없었다.

"넌 발레에 뛰어난 소질이 있잖아. 엄마가 원하는 일이기도 했고."

"소질이 있는 것과 제 의지는 다른 거죠."

단호한 제나의 말에 태영의 눈빛이 아연해졌다. 제나가 태영의 눈을 똑바로 바라보며 말했다.

"아빠, 난 발레리나를 꿈꿔본 적이 한 번도 없었어요. 물론 엄마 영상을 보면서 나도 반하긴 했죠. 발레 하는 젊은 엄마의 모습이 아름다웠으니까요. 하지만 발레리나는 내 선택이 아니었어요. 그건 엄마의 선택이었죠."

태영은 내심 크게 당황했다. 처음 꺼내놓는 제나의 고백에 예리한 물체에 찔린 듯 가슴이 아려왔다. 제나는 태어나면서부터 줄곧 발레리나였다. 그 누구도 아닌 신수연의 딸이기 때문이었다. 제나를 최고의 발레리나로 만들기 위해 수연이 얼마나 공을 들였는지, 옆에서 지켜보기 힘들 정도였다. 태영은 조심스레 제나에게 물었다.

"너, 혹시 발레를 그만둘 생각이니?"

제나가 정색을 했다.

"아니요. 이제 와서 발레를 그만둘 수는 없어요. 발레 하느라 다른 공부를 하지 않았잖아요. 꼴찌가 되기는 싫어요."

"그렇지만 발레가 널 행복하게 만들지는 않는 거구나?
그러니?"

"솔직히 말하면 발레가 그렇게 재미있지는 않아요. 너
무 익숙해서 그럴까요? 하지만, 만약에 내게 선택권이 주
어졌다면 난 발레를 하지 않았을 거예요."

"그래?"

태영이 놀란 얼굴로 물었다. 조금 뒤 제나에게 다시 물
었다.

"발레 말고 하고 싶은 게 따로 있니?"

"음……. 그것도 잘 모르겠어요."

제나는 별을 공부하고 싶다고 말할 수 없었다. 어릴 적
부터 이미 최고 발레리나가 될 거라는 칭찬을 받으며 자
랐다. 틀림없이 세계 최고 프리마 발레리나가 될 거라고
입을 모아 말했다. 그런데 느닷없이 우주를 공부하고 싶
다니. 아빠는 그 사실을 달가워하지 않을 게 뻔했다.

제나의 대답에 태영은 조금 안심이 됐다. 제나가 발레
를 그만둔다는 소리를 꺼낸 건 아니니까. 발레를 그만둔
제나라니. 그 사실 앞에서 좌절할 수연을 떠올리는 일은
생각만 해도 끔찍했다. 그리고 문득 자신이 비겁하다는
생각이 들었다. 제나의 어깨에 무거운 짐을 올려놓은 채

턴아웃

자신만 뛰쳐나온 것 같아서.

태영은 제나를 지그시 바라보았다. 티 없이 밝기만 한 줄 알았는데 가만 보니 아이의 얼굴에 수심이 가득했다. 자신의 진로를 두고 내내 고민했던 걸까. 발레를 하지 않았다면, 제나는 천문학자가 되려고 노력했을지도 모른다. 제나가 우주에 관심을 가지고 있다는 사실은 진작부터 알고 있었다. 좀 의아했으나 어린 제나가 우주 다큐멘터리 영상을 넋 놓고 보고 있을 때면, 태영은 자신을 닮은 모습에 울컥했다.

6

제나는 잘했어. 남들과 비교하면 언제나 훌륭하지. 근데 난 제나가 자신과 좀 더 치열하게 싸웠으면 좋겠어. 자신의 한계를 뛰어넘는다면, 무중력 상태에서 춤추는 것 같은 희열을 스스로 느끼지 않을까? 그런 경이로운 동작을 기대하는 건 우리의 지나친 욕심일까? 제나는 뛰어난 아이가 틀림없지만 부족한 게 하나 있어. 독기가 없다는 거야. 그건 왜 수연이 너를 닮지 않았는지 모르겠다.
제나에게 행운이 깃들길 바라며.

수연은 연조에게 온 휴대전화 문자를 몇 번이나 반복해서 읽었다. 칭찬과 비난, 안타까움이 뒤섞인 내용의 문자였다. 몇 줄의 글을 읽고 난 뒤 수연은 히스테리가 왔다. 심장이 세차게 뛰며 몸에서 열이 났다. 숨이 너무 가빠져서 생수를 넘기기가 버거울 지경이었다. 수연의 인공지능 제제가 에메랄드빛 눈빛을 빛내며 말했다.

"수연 님, 당신의 세로토닌 수치가 점점 내려가고 있습니다. 이대로 두면 수연 님에게 패닉이 올지도 모릅니다. 마음을 진정시키거나 다른 조치를 취해야 합니다."

수연은 제제를 마땅치 않은 눈으로 보았다. 신경질적으로 몸을 돌리더니 제나 방으로 들어가 딸의 인공지능 비비안에게 말을 걸었다.

"비비안, 요즘 제나와 무슨 이야기를 했니?"

비비안의 눈에 파란 불빛이 켜졌다. 불빛이 좌우로 흔들리더니 곧 안정적으로 파란빛을 내비쳤다.

"제나 님은 요즘 종종 별에 대해 물었어요. 밤하늘에 떠 있는 별들이 지구와 얼마만큼 먼 거리에 떠 있는지 궁금해했어요."

"별이라고?"

"네, 요즘 천문학에 부쩍 관심을 갖고 있습니다."

"뭐, 천문학?"

"네, 천문학은 지구 대기권 너머 우주 전체를 연구하는 학문입니다. 또 우주 안에 있는 다른 천체를……."

"그만!"

수연의 얼굴이 발갛게 달아올랐다. 천문학이라면 전 남편 태영의 연구 분야였다. 태영은 제주도에 있는 천문학 연구소에서 소장으로 일하고 있다. 대학교수직을 버리더니 아예 제주도로 내려가 밤하늘에 떠 있는 별을 연구했다. 수연은 언제나 태영이 못마땅했다. 별을 연구하는 그가 몽상가처럼 느껴졌다. 그뿐이면 다행이었으나 문제는 어릴 적부터 제나가 남편의 일에 관심을 보인다는 것이다. 그런데 한동안 잠잠하더니 왜 하필 요즘 제나가 천문학에 또다시 관심을 갖고 있는지 그 이유를 알 수가 없었다.

"애가 정말 이 중요한 시기에 어쩌려고!"

심장이 요란하게 뛰었다. 몸을 휙 돌려 책꽂이를 살펴보았다. 책꽂이에 몇 권 꽂힌 책들은 모두 발레 관련 책이었다. 사진이 들어 있는 큰 판형의 책들이었다. 수연은 책상 서랍을 소리 나게 열었다.

"그러면 그렇지!"

서랍 안에 네 권의 책들이 들어 있다. 제목만 봐도 천문학에 관련된 책들이었다. 『별을 찾아 떠나는 여행』, 『우주의 속삭임』, 『천문학이란 무엇인가』, 『외계인과의 조우』. 수연의 얼굴이 붉으락푸르락해졌다.

"아니, 발레리나 책상 서랍에 어떻게 이런 책들만 잔뜩 들어 있을 수가 있어!"

화를 참지 못하고 소리를 질렀다. 연조는 제나에게 독기가 없다고 말했다. 수연이 너를 닮지 않았다며 비꼬기까지 했다. 한마디로 제나가 발레에 최선을 다하지 않는다는 뜻이었다. 연조의 말이 맞았다. 중요한 오디션을 앞두고도 제나는 죽을 만큼 연습을 하지 않았다. 자신의 발레리나 시절을 생각하면 어이가 없는 연습량이었다. 발톱이 빠지도록 연습한 사람들이 한둘이 아니었을 터였다. 그런데 태평하게 비비안을 마주 보며 별들에 대해 물었다니. 이번 〈지젤〉 오디션은 중요했다. 서울시립발레단 100주년 기념 공연의 주역을 뽑을 뿐만 아니라, 발레단 수석 무용수로 발탁될 수 있는 기회였다. 그런데 방금 전 연조는 아리송한 문자를 보냈다. 도대체 제나를 어떻게 하겠다는 뜻인지, 그녀의 마음을 읽을 수가 없었다. 때문에 수연은 더욱 안절부절못했다.

수연은 요즘 제나의 행동 하나하나가 모두 눈에 거슬렸다. 오디션이 끝나자마자 폭식을 하더니 몸무게가 2킬로그램이나 늘었다. 매일 아침 눈 뜨자마자 벽 여기저기에 부착해놓은 센서를 지나가면 몸무게가 표시된다. 그런데 일주일이 지나도 몸무게에 변함이 없다. 불어난 2킬로그램은 일주일 내내 절대로 빠지지 않았다.

"어떻게 넌 몸무게가 늘었는데, 태평하게 아침을 먹을 수가 있니? 2킬로그램, 어떻게 할 거니?"

오늘 아침 발레단에 가는 제나의 뒷모습을 보며 잔소리를 했다. 제나는 뒤도 돌아보지 않고 나가버렸다. 엄마의 말 같은 건 귓등으로 흘려버리겠다는 투였다. 수연은 자신을 닮지 않은 제나 때문에 약이 바짝 올랐다. 네덜란드 국립발레단 수석 무용수가 되기까지 수연은 혹독하게 자신을 다그쳤다. 재능이 부족하다는 걸 알고 있었기에 누구보다도 노력했다. 하지만 제나는 달랐다. 타고난 재능에 좀 더 욕심을 낸다면 연조 말대로 최고가 될 아이였다.

서울시립발레단 단원들은 메디컬테스트를 앞두고 있었다. 이번에도 정영하 박사가 운영하는 바이오테크 연구소에서 검사를 할 거라고 했다. 별일은 없겠으나 수연은 몹시 긴장됐다. 열여덟 살 먹은 제나의 노화 상태까지 체크하는 정밀한 검사였다. 그때까지 몸무게를 꼭 빼게 만들 생각이었다.

수연은 자신이 지독한 발레맘인 걸 스스로 인정했다. 하지만 그렇게 끊임없이 채찍질하지 않았다면 제나는 지금 자리에 오를 수 없었을 거라고 믿었다. 제아무리 뛰어난 재능을 가지고 태어났다고 해도 노력 없이는 이룰 수 없다. 수연은 그 진리를 자신의 경험으로 습득했다.

턴아웃

수연은 좀처럼 마음이 진정되지 않았다. 주먹을 쥔 채 거실을 왔다 갔다 했다. 〈지젤〉 오디션을 앞두고 불안증이 도졌다. 정작 제나는 아무렇지 않게 오디션을 치렀는데, 수연은 불안해서 잠을 이루지 못했다. 불안증은 서서히 영혼을 갉아먹는 병이었다. 자신을 괴롭혔던 암이란 공포를 떨쳐냈는데도 늘 불안증에 시달렸다. 수연이 결혼할 무렵 마침내 암 치료제가 나왔는데도.

수연의 외가 쪽 여자들 중 대부분은 유방암, 난소암과 사투를 벌이다 죽었다. 이모할머니 한 명을 빼고 외할머니를 비롯해 나머지 세 명이 모두 유방암과 난소암에 걸려 죽었다. 그리고 두 명의 이모들마저 차례차례 유방암에 걸렸다. 어린 시절 수연은 암에 대한 공포로 불안에 떠는 엄마를 보며 자랐다. 예민한 엄마는 매사에 신경질적이고 냉정했다. 암 치료제가 곧 나온다는 말이 돌았으나 그뿐, 약은 나오지 않았다. 수연이 네덜란드로 유학 가고 2년 뒤, 결국 엄마는 유방과 난소를 드러내는 수술을 했다. 아무리 기다려도 치료 약은 나오지 않았고, 엄마는 암에 대한 공포를 더는 견뎌낼 수가 없었던 것이다.

예중을 다니던 십 대 시절, 엄마의 권유로 수연도 유전자 검사를 했다. 가족 내력은 수연을 비껴가지 않았다. 검사 결과, 수연은 유방암에 걸릴 확률이 89퍼센트로 나왔다. 유방암 변이 유전자가 DNA 속에 들어 있었던 것이다. 난소암에 걸릴 확률도 67퍼센트였다. 다만, 그 시기가 이르지는 않을 거라고 의사가 말했다. 그러니까 결혼하고 아기를 낳은 뒤에 절제 수술을 해도 괜찮을 거라고 했다. 다행히 수연이 태영을 사귀면서 결혼 이야기가 나올 무렵 암 치료제가 나왔다. 더는 암에 걸릴까 봐 걱정하지 않아도 괜찮았다. 하지만 또 다른 걱정과 공포가 수연을 괴롭혔다. 앞으로 자신이 낳을 아이에게 나쁜 유전자를 전해줄까 봐 불안했다.

　제나를 갖기 전 수연은 자신의 유전자를 다시 검사하기로 마음먹었다. 태영을 설득해 같이 유전자 검사를 받았다. 그때 그들 부부의 유전자를 검사한 곳이 정영하 박사가 있는 바이오테크 연구소였다. 정영하는 유전자 편집 기술에 대해 상당히 진보적인 사람이었다. 이를테면 남편과는 정반대인 성향의 사람이었다. 수연은 그의 연구 성과가 마음에 들었다. 그는 유전자 편집 기술이 인간의 운명을 개척할 수 있다고 말했다. 수연은 그의 말이 자신의 엄마를 두고 하는 소리 같았다. 엄마는 암에 걸릴까봐 병에 걸리기도 전에 유방과 난소를 모두 절제했다. 병에 걸릴 확률이 다분하다는 유전자 분석 결과 때문이었다. 엄마는 수술 결과에 대해 후회하지 않았다.

턴아웃

수연은 여전히 가슴이 답답했다. 거실로 나오자 인공지능 제제가 또다시 수연에게 말했다.

"수연 님, 당신의 세로토닌 수치가 매우 떨어져 있습니다. 안정을 취해야 합니다."

수연은 맥빠진 얼굴로 제제를 바라보다 부엌 쪽으로 걸어갔다. 신경안정제를 찾아 생수와 함께 삼켰다. 식탁 의자에 앉아 멍하니 넓은 거실을 내다보았다.

"그래, 너무 욕심을 부리고 있는 건지도 몰라……."

그런 자책감과 함께 제나가 자신의 뜻대로 잘 커 왔다는 생각이 들었다. 그러니까 제나는 자신이 그린 커다란 그림 안에서 잘 자라준 것이다.

'그런데 왜 이렇게 불안하지……'

수연은 그 이유를 자신의 트라우마 때문이라고 생각했다.

7

사람들로 북적이는 클럽 무대 위에서 로미가 춤을 추고 있다. 방금 전 하우스 밴드들이 공연을 끝낸 바로 그 자리였다. 로미는 호피 무늬 점프수트를 입었다. 엉치뼈 위에 달린 기다란 꼬리가 움직일 때마다 쉴 새 없이 살랑거렸다. 제나는 로미를 보면서 내내 얼굴을 찌푸렸다. 안 그래도 로미는 발레리나치고는 볼륨 있는 몸매를 지녔다. 그게 로미에게는 콤플렉스였으나 둘러서 있는 사람들은 열광하는 눈치였다.

'흠. 저딴 걸 내게 보여주려고 불렀단 말이지.'

사람들 틈에서 팔짱을 끼고 선 채 제나는 황당한 표정을 지었다. 로미의 복장이 눈에 거슬렸다. 세상에 호피 무늬 점프수트라니! 그것도 몸의 윤곽이 드러나는 스판덱스 재질의 점프수트였다. 무대 위에 흐르는 음악은 클래식이 아닌 빠른 속도의 전자 음악이었다. 쇠를 긁어대듯 끽끽거리는 음악 소리에 맞춰 로미는 자유자재로 움직이며 춤을 췄다. 발레와 현대무용을 접목한 동작이었다. 천박하기 짝이 없는 환호에 응답이라도 할 셈인지, 로미는 환하게 웃었다.

10여 분 동안의 공연이 끝나자, 사람들의 박수와 환호가 오래도록 이어졌다. 그 소리는 어처구니없게도 발레 공연을 마친 직후 천여 명 객석에서 울려 퍼지는 환호성에 버금갔다.

로미가 숨을 헐떡이며 제나 곁으로 재빨리 달려왔다. 자신도 민망한지 가방에서 발목까지 내려오는 체크무늬 스커트를 꺼내 입었다.

"뭐냐?"

제나가 어이없다는 듯 로미를 곁눈질했다.

"아르바이트한 거야."

"그러니까 왜 네가 저런 무대에 서서 돈을 벌어야 하냐고?"

"왜냐하면……."

대답을 미룬 채 로미는 무대를 향해 고개를 돌렸다. 무

61

대 위에는 앳돼 보이는 여자아이가 발레를 하고 있다. 방금 전 로미와 달리 정통 발레였다.

"저건 〈백조의 호수〉 3막이잖아! 지금 저 어린애가 나도 힘든 감정 표현을 하겠단 말이니? 얼씨구! 저렇게 앳된 모습으로 지크프리트 왕자를 잘도 유혹하겠다!"

제나가 씩씩댔다. 로미는 무대에 그대로 눈을 두며 속삭이듯 말했다.

"발레스쿨 2년 차 후배야. 손그림이라는 앤데 넌 본 적 없어?"

제나는 눈을 가늘게 뜨며 손그림이라는 여자아이를 살펴보았다. 그러고 보니 발레스쿨 복도에 서서 로미와 속닥이곤 하던 여학생이었다. 둘이 어떻게 친하게 됐는지, 손그림은 로미를 언니처럼 잘 따랐다. 하여튼 광속과도 같은 친밀감이라니. 발레스쿨 2년 차라면 열네 살이었다. 그런데 손그림은 아무리 봐도 열 살 정도로밖에는 보이지 않았다. 가뜩이나 마른 데다 발육마저 늦은 아이였다.

"너희 둘, 발레스쿨 선생님이 아시면 징계 먹을지도 몰라. 우린 아직 발레스쿨 학생이야. 세상에, 단장님이 아시면 진짜 큰일 날 텐데! 어쩌면 좋아!"

제나가 발을 동동 굴렀으나 로미는 태연하게 말했다.

"너만 입 꼭 다물고 있으면 돼. 오늘 저 무대에서 춤추

면 엄청 큰 돈을 준댔어. 길을 걸어가는데 어떤 아저씨가
다가와 그렇게 말했거든. 뭐랄까, 길거리 캐스팅이라고
할까."

로미가 한쪽 눈을 찡긋했다. 제나는 여전히 냉랭했다.

"그니까 뭣 땜에 돈이 필요한 건데?"

로미는 잠시 망설이더니 하는 수 없다는 듯 털어놓았다.

"있지……. 나, 나노칩 시술 받을 거야. 혼자 하는 건 아
무래도 무서워서 같이 할 친구를 찾았는데, 그림이가 자
기도 시술을 받겠대."

제나는 입을 쩍 벌리고 말았다.

"너, 미친 거 아니니? 진짜로 나노칩 시술 받을 거냐
고?"

로미가 입을 꾹 다물며 고개를 끄덕였다. 무대 위에서
열심히 춤추고 있는 그림이를 바라보며 말했다.

"그림이가 같이 한다니까 마음이 놓여. 그림이는 진짜
대단해. 저 나이에 벌써 나노칩 시술 받을 생각을 다 하
니까. 난 몇 년 동안이나 고민했는데. 하여튼 요즘 애들이
란……."

제나가 펄쩍 뛰었다.

"로미야, 안 돼! 넌 지금 서울시립발레단 단원이야. 시
술 받으면 발레단에서 발레를 할 수 없어. 라희 선배를 생

각해봐. 나노칩 시술 받은 것 때문에 발레단이 발칵 뒤집혔잖아. 게다가 조금 있으면 단원들 모두 메디컬테스트를 받아야 한다고!"

"시술은 메디컬테스트 끝나고 나서 할 거야. 그러니까 진정해."

"뭐, 진정하라고? 너 같으면 지금 진정할 수 있겠냐?"

그러나 로미의 얼굴이 너무 진지해서 제나는 입을 다물 수밖에 없었다.

"제나야, 난 나노칩 시술을 하고 나서 유럽으로 갈 거야. 유럽 발레단으로 들어가 발레를 계속할 생각이야. 발레하면서 다치는 게 이젠 정말 너무 무서워. 발목 인대가 나간 게 지금까지 몇 번인 줄 아니? 서른 번도 넘었어. 게다가 무리한 턴아웃 때문에 무릎과 골반도 정상이 아니야. 발레 때문에 내 몸은 완전 기형으로 변해버렸어."

제나는 할 말을 잃었다. 발레리나들이 잦은 부상을 달고 산다는 걸 모르지 않았다. 제나 자신이라고 예외는 아니었다. 다만 부상 정도가 심하지 않았을 뿐. 그리고 보니, 로미는 발레스쿨 축제 작품으로 〈로미오와 줄리엣〉 파드되를 연습할 때 크게 다친 적이 있었다. 상대 발레리노의 실수로 공중에서 회전하던 로미가 그대로 바닥으로 떨어졌다. 쿵 소리가 나무 바닥에서 울려 퍼졌고, 로미는

턴아웃

엎어진 채 움직이지 못했다. 몇몇 학생들의 부축을 받으며 병원으로 실려 갔으나, 무릎 인대가 크게 파열됐다. 때문에 한 달 정도 깁스를 해야 했고, 로미는 처음 맡은 주인공 배역을 다른 사람에게 넘겨줄 수밖에 없었다. 상심이 컸던지 얼마 동안이나 고개를 떨구고 다녔다.

로미가 다시금 들뜬 얼굴로 말했다.

"곧 시술받을 거야. 그동안 돈을 꽤 모았거든. 고백해야 할 것 같아서 널 불렀어. 그치만 넌 내 마음을 죽어도 이해하지 못할 거야. 넌 언제나 최고니까."

제나는 로미와 자신 사이에 벽이 느껴졌다. 생각해보니 왜 한 번도 로미의 마음을 알려고 하지 않았는지 몰랐다. 제나는 언제나 일방적으로 로미에게 응원받는 입장이었다. 제나가 주목받을 때도 로미는 질투하는 기색을 내비치지 않았다. 제나는 그런 관계를 너무나 당연하게 여겼다. 로미 마음속 깊이 웅크리고 있는 질투와 시기의 감정, 서러움과 절망에 대해서는 생각해보지 않았다. 이제 로미의 마음을 이해했지만, 제나는 시술에 대해서만큼은 반대했다.

"그렇지만 난 과학의 힘을 빌린 춤은 정직하지 않다고 생각해."

제나의 말에 로미가 어처구니없다는 표정을 지었다.

"그렇다면 우리 발레리나들은 언제나 부상에 시달려야 한단 말이니?"

"그게 아니라 최고의 경지에 다다르기 위해 끊임없이 노력해야 한다는 거야."

"그럼 유럽에서 활동하는 발레리나들은 다 뭔데? 그 사람들은 거의 모두 나노칩 시술을 받았다고 들었어."

"난 머지않아 관객들이 그 사람들을 외면할 거라고 생각해. 자연인의 몸으로 춤추는 발레리나들에게 다시 시선을 돌릴 거라고 말이야."

로미가 고개를 젓더니 단호하게 말했다.

"그건 과학 기술이 발전하지 않았을 때나 하는 말이지. 큰 고통 없이 아름다운 공연을 보여줄 수 있다면, 그게 왜 문제가 되는지 난 잘 모르겠어."

"예술에 대한 가치관의 차이겠지만, 적어도 난 이렇게 생각해. 예술이란, 인간의 노력으로 보여줄 수 있는 가장 자연스럽고도 아름다운 표현이라고. 근데 몸을 시술해서 예술을 표현한다면, 그게 주사를 맞고 번개처럼 달리는 운동선수와 뭐가 다르겠니?"

"어이가 없네! 시술받은 발레리나들도 연습을 게을리하지 않아. 살이 찌지 않으려고 틀림없이 식단 조절도 할 거야. 또 감정 연기를 잘하기 위해 공부도 해야 한다고.

단지 큰 부상을 피하기 위해 하는 시술이야."

로미는 새초롬한 얼굴로 이어 말했다.

"나도 너만큼 발레를 사랑해. 다만, 좀 더 편리하고 안전한 방법으로 표현하기 위해 과학의 힘을 빌리자는 거야. 난 과학의 힘을 믿어. 아마 앞으로 더 많은 발레리나들이 시술을 받을 거야. 그건 틀림없이 대세가 될 거야."

둘 사이에 무거운 침묵이 흘렀다. 발레 공연을 마친 그림이가 걸어오는 모습이 보였다.

"어쩌지, 그림이랑 할 이야기가 있어서……. 아시다시피 지금 그림이랑 내가 대단히 중요한 일을 준비하고 있잖아."

로미가 슬그머니 꽁무니를 빼더니 자리를 뜨기 전에 한마디 더 덧붙였다.

"너한테 고백해서 마음이 아주 편해. 넌 언제나 내 베스트 프렌드니까."

로미가 제나를 바라보며 씩 웃었다. 그러고는 체구가 작아 아무리 봐도 열 살로밖에 보이지 않는 그림이 곁으로 걸어갔다.

두 아이의 뒷모습을 바라보는데 제나는 복잡한 기분이 들었다. 서운하고 불쾌한 감정이 들면서도 한편으론 두 아이가 몹시 부러웠다. 어떻게 저토록 발레를 좋아할 수가 있지?

'나도 너만큼 발레를 사랑해.'

방금 전 로미의 말이 떠오르면서 마음이 무거워졌다. 내가 로미만큼 발레를 좋아하는 걸까? 그렇다면 그건 정말 내 감정이 맞나? 그 물음에 제나는 선뜻 그렇다고 대답할 수가 없었다. 머릿속 가득히 발레 연습을 시키는 엄마의 얼굴이 떠오를 뿐이었다.

제나는 씁쓸한 얼굴을 한 채 사람들 틈을 빠져나왔다. 사람들로 북적이는 클럽 공연장을 벗어나자 온 세상이 고요해진 것만 같았다. 그 거리를 혼자 걸어갔다. 로미와 주고받았던 말들이 계속 머릿속을 어지럽혔다. 하지만 제나의 신념은 단 한 가지였다. 예술이란, 그 어떤 상황에서도 오로지 노력만으로 도달할 수 인간의 성취라고. 그 신념이 바로 제나가 서연조 단장을 존경하는 이유이기도 했다.

몇 발짝 더 걸어가는데 휴대전화에서 문자가 떴다. 서울시립발레단에서 온 문자였다. 제나는 긴장한 얼굴로 문자를 읽었다.

유제나 님, 서울시립발레단입니다. 이번 〈지젤〉 오디션에서 지젤 역에 발탁되셨음을 알려드립니다. 조만간 만나

턴아웃

뵙길 바라며 다시 연락드리겠습니다.
서울시립발레단 기획팀 팀장 김휘소 드림.

"이건 정말 놀라운 소식인데!"

제나가 멈춰 서서 외쳤다. 심장이 세차게 뛰고, 순식간에 얼굴이 발갛게 달아올랐다. 환하게 웃고 있는 엄마의 얼굴이 떠올랐다. 동시에, 아주 어릴 적 자신에게 발레를 가르치던 엄마의 모습이 떠올랐다. 아라베스크 동작을 못한다며 어린 자신에게 수백 번이나 같은 동작을 연습시켰던 엄마. 그 일로 제나는 한 달 넘게 물리 치료를 받아야 했고, 치료가 끝나자마자 엄마는 또다시 제나에게 발레 연습을 시켰다.

'엄마는 너무나 당연한 결과라고 생각하겠지…….'

환하게 웃고 있는 엄마의 얼굴을 떠올리며, 제나는 깊은 숨을 내쉬었다.

8

어두운 밤 스산한 무덤가. 음산한 음악이 흐르며 순백색 튀튀를 입은 소율이 춤을 춘다. 아다지오. 처녀 귀신 윌리들의 여왕 미르타로 분한 소율의 동작은 차분했다. 표정 또한 한없이 슬프게 가라앉았다. 하지만 연출가이자 안무가 윤 선생의 눈에는 오늘 소율의 동작들이 자꾸 거슬렸다.

"소율아, 2막에 나오는 발레리나들은 모두 혼령들이야. 남자한테 배신당해 한을 품고 죽은 처녀 귀신들이라고. 좀 더 허공을 떠다니는 것처럼 해야지. 귀신이 어디 너처럼 발끝을 땅에 대고 다니니?"

소율은 동작을 멈추고 제자리에 가만히 서 있었다. 벌

써 세 번째 핀잔이었다. 마음을 가다듬고 차분히 연습에 응하려 했다. 그런데 그게 마음먹은 대로 되지 않았다. 가슴속에 응어리 같은 게 꽉 들어차서 무엇을 해도 흥이 나지 않았다. 어쩌면 송라희의 마음이 그랬을지도 모른다는 생각이 들었다. 어느 날, 라희가 파리한 얼굴로 말했다.

"무슨 짓을 해도 가슴속에 화가 차서 즐겁지가 않아. 모두 제나, 그 계집애 때문이야!"

지금 소율의 마음이 딱 그랬다. 제나 때문에 화가 나서 미칠 지경이었다. 오디션 결과를 보고 얼마나 실망했는지 모른다. 솔리스트들을 제치고 소율은 윌리들의 여왕 미르타 역에 발탁됐다. 꽤 만족스러운 결과였으나, 제나가 지젤 역에 발탁된 걸 알고 심장이 떨려 한동안 마음을 진정시키려 애를 썼다. 차라리 솔리스트들 중 한 명에게 지젤 역이 돌아갔다면 그토록 좌절하지 않았을지도 모른다. 오디션에서 본 제나의 지젤 베리에이션이 훌륭했다는 걸 알고 있었다. 당연한 결과라고 속삭이는 소리까지 들었다. 하지만 소율은 이번에도 제나 곁에서 이인자로 머무는 자신이 너무 한심했다. 제나가 없었다면 틀림없이 자신에게 지젤 역이 주어졌을 거라고 확신했다.

다시 음울한 곡이 흘렀다. 소율은 한 손에 들고 있던 나무줄기를 위로 치켜들며 무덤을 향해 달려갔다. 무덤 속에 누워 있는 지젤을 깨우는 동작이었다. 갑자기 제나가 맡은 지젤에게 폭풍과도 같은 감정이 이입되었다. 소율은 지젤을 깨우고 싶지 않았다. 지젤이 저 음산한 무덤 속에 갇혀 영원히 나오지 말았으면 좋겠다. '지젤'이라고 써 있는 묘비명 앞에서 소율이 아라베스크 턴을 반복할 때였다. 윤 선생이 또 목소리를 높였다.

"소율아, 보폭을 줄여! 아니, 왜 그렇게 급해!"

그러나 악다구니에도 소율은 동작을 멈추지 않았다. 아라베스크 턴 동작이 점점 더 빨라졌다. 결국 느리게 흐르는 곡과 엇박자를 만들며 동작이 제멋대로 나왔다. 윤 선생은 머리끝까지 화가 솟구쳐 소리 질렀다.

"그만! 그만!"

피아노 반주자가 연주를 멈췄다. 그때서야 소율도 질린 얼굴로 동작을 멈췄다. 윤 선생은 발갛게 달아오른 낯빛을 하며 소율을 쏘아보았다.

"아니, 왜 이렇게 감이 없어! 넌 지금 집중을 하나도 못 하고 있어. 도대체 왜 미르타에게 빠지지 않는 건데?"

"죄송합니다……."

소율이 고개를 푹 숙였다.

"너 때문에 자꾸 시간이 지체되잖아. 오늘 발레 블랑 군무까지 마쳐야 한다고. 어떻게 할래? 계속 이렇게 할 거니?”

“아니요…… . 집중하겠습니다.”

소율은 눈물이 나올까 봐 어금니를 깨물었다. 자신을
지켜보는 사람들 앞에서 자존심의 바닥을 드러내고 싶지
는 않았다.

일곱 시간의 군무 연습을 마친 뒤 연습이 끝났다. 탈의
실에서 옷을 갈아입으면서 로미가 투덜거렸다.

“김소율 걔, 오늘 왜 저래? 지겨워 죽는 줄 알았어.”

제나는 미간을 찌푸렸다. 요 며칠 마주쳐도 눈을 피해
버리는 소율 때문에 마음이 언짢았다. 오디션 결과 때문
이었다. 이번 오디션 결과가 발레 인생에서 커다란 계기
가 되는 건 틀림없었다. 하지만 다른 발레리나들은 모두
제나에게 몰려와 축하를 해주었다. 부러움이 가득한 눈
빛을 하고는 모두들 한마디씩 축하의 인사를 건넸다. 그
런데 소율은 드러내놓고 제나에게 차갑게 굴었다. 제나
라고 기분이 좋을 리가 없었다. 한때는 둘도 없는 절친이
었으나 지금은 소율이 하는 짓을 보고 있으면 발끈 화가
솟구쳤다.

“어, 책이 없어졌어!”

복도를 나와 1층 로비를 걸어갈 무렵 제나가 외쳤다.

“천문학 책이구나?”

로미가 다 알고 있다는 듯 물었다.

"로미야, 잠깐만 기다려! 분명히 연습실에 두고 나왔을 거야."

제나는 책을 찾으러 다시 연습실로 달려갔다. 연습실에 남아 있을 소율과 마주치는 게 끔찍했으나 어쩔 수가 없었다. 『창백한 푸른 점』이라는 아주 오래된 책이었다. 오래전, 우주탐사선 보이저 1호가 명왕성 근처에서 찍은 지구의 모습을 보고 붙인 제목이었다. 연습 시간 틈틈이 그 책을 읽으면서 제나는 얼마나 큰 위안을 받는지 몰랐다. 발레스쿨에 입학할 무렵 아빠가 선물한 책이었다. 아빠는 알고 있는 게 틀림없었다. 제나가 그 무엇보다 별과 우주에 큰 관심을 가지고 있다는 걸. 오래 묵은 책을 건네주며 아빠가 말했다.

'제나야, 힘들 때 가끔 이 책을 열어 봐. 아빠가 가장 존경하는 천문학자가 쓴 책이야. 이 책을 읽고 있으면 네가 지금 힘들어하는 일들이 아무것도 아니라는 사실을 깨닫게 될 거야. 시간이 지나면, 정말로 아무렇지 않아지는 거지. 마치 광활한 우주에 떠 있는 지구가 한낱 창백한 푸른 점에 불과한 것처럼.'

처음엔 그 말을 이해하지 못했다. 그런데 아빠가 그어 놓은 몇 줄의 문장을 반복해 읽으면서 그 말을 이해했다.

그 책 속에는 우주에 대한 이야기만 있는 게 아니었다. 삶을 더 넓고 깊게 들여다보라는 메시지가 들어 있었다.

'그 책, 잃어버리면 안 되는데…….'

제나는 아찔한 기분이 들어 연습실을 향해 더 빨리 내달렸다.

연습실은 아직 불이 켜져 있었다. 내내 귓가를 맴돌던 음산한 곡이 다시 흘러나왔다. 제나는 연습실 출입문을 열었다. 역시 연습실 한가운데 서서 소율이 발레를 하고 있었다. 오늘 내내 혼이 났던 동작들이었다.

제나는 발소리를 죽이며 연습실 여기저기를 살폈다. 갑자기 음악 소리가 멈췄다. 동시에 탁탁거리던 토슈즈 소리도 들리지 않았다.

제나는 자신을 향한 따가운 시선을 느꼈다. 고개를 돌리자 소율이 자신을 노려보고 있었다.

"뭐냐?"

소율이 퉁명스럽게 물었다. 마주쳐도 고개를 돌리더니 웬일로 먼저 말을 걸었다. 울었는지 눈자위가 발그스름했다. 핏발 선 눈으로 제나를 노려보았다.

"책 찾으려고 왔어."

제나는 연습을 방해한 것 같아 미안한 얼굴로 소율을 바라보았다. 갑자기 소율이 치를 떨며 말했다.

"으, 저런 눈빛 진짜 보기 싫어! 왜? 내가 불쌍하기라도 하냐?"

제나는 황당하기 짝이 없었다. 더 이상 참을 수가 없어 쏘아붙였다.

"진짜 너, 웃긴다! 도대체 왜 그러는 건데?"

비뚤어져도 너무 비뚤어져버렸다. 제나가 한마디 더 꺼내려는데, 소율이 소지품을 챙겨 들고 밖으로 나갔다. 소율의 뒷모습을 보며 제나는 짧은 한숨을 내쉬었다. 한때 절친한 사이가 아니었다면 이렇게 마음이 답답하지 않았을 것이다.

소율이 복도를 빠르게 걸어가는 발소리가 울려 퍼졌다. 복도에서 마주친 송라희도 소율이처럼 자신을 미워 죽겠다는 얼굴로 쏘아보았다. 발레단 단원들은 뒤에서 송라희를 '미친 발레리나'라고 불렀다. 발레단에서 해고된 뒤 그녀가 보인 행동들은 너무 과해서 충분히 그런 소리를 들을 만했다.

어느 날, 단장님과 이야기를 나누다 복도로 나올 때였다. 송라희가 술에 취해 흐느적거리며 맞은편 복도에서 걸어왔다. 제나는 그녀를 마주 보며 고개 숙여 인사를 했다. 해고됐으나 2년 가까이 함께했던 발레단 대선배였다.

"제나야……."

라희는 어눌한 발음으로 제나를 불렀다. 제나는 멈춰 서서 잠자코 라희를 바라보았다. 자신을 불러놓고 라희는 아무 말도 하지 않았다. 자신을 응시하는 라희를 지나쳐 걸어갈 때였다. 라희가 제나의 뒤통수에 대고 말하는 소리가 들렸다.

"전설의 발레리나…… 신수연의 딸은…… 역시 아우라가 다르네. 근데, 너도 잠깐이야. 그러니까…… 한 시절 잘 보내라고……!"

제나는 그녀가 무슨 이야기를 하는지 잘 알아들을 수가 없었다. 술에 취해 발음이 어눌했고 말꼬리를 자꾸 길게 늘어뜨렸기 때문이다. 자신을 향해 악담을 내뱉고 있는 것만은 틀림없었다. 발갛게 번들거리는 눈빛에 살기를 띠며 자신을 노려보고 있었으니까. 그 모습이 마지막이었다. 그 뒤 라희를 본 적이 없었고, 그녀는 자살했다고 했다. 그 소식을 듣는 순간 제나는 엄마의 말이 떠올랐다. 엄마는 다른 사람뿐만 아니라 자기 자신도 조심해야 한다고 말했다. 감정의 기복이 심한 예술가들은 순식간에 자신을 놓아버릴 수 있다면서.

은퇴를 앞둔 발레리나들이 심한 우울증에 빠져 있다는 소식을 들은 적이 있다. 최정상에 올랐던 발레리나들일수록 그 증상이 더욱 심하다고 했다. 하물며 퇴출당하는 처지가 됐으니 라희의 마음이 어땠을지 짐작하고도 남았다. 머지않아 은퇴해야 한다는 압박감이 그녀를 알코올 중독자로 만들었을 것이다.

제나는 복도를 걸어가며 소율과 함께 〈지젤〉 공연을 보러 가던 때를 기억해냈다. 추운 겨울 저녁이었으나 두 아이는 열에 들떠 추운 줄도 몰랐다. 뉴욕시립발레단의 〈지젤〉 공연을 제나는 지금도 잊을 수가 없었다. 세계적인 프리마 발레리나 조안 테일러가 연기한 지젤은 정말이지 최고의 무대였다.

〈지젤〉은 1막과 2막이 확연하게 다른 분위기를 연출하는 발레 공연이다. 1막의 지젤은 명랑하고 순박한 시골 아가씨지만, 2막은 사랑에 배신당해 죽은 가여운 지젤이다. 소율은 언제나 〈지젤〉 2막에 열광했다. 그래서 지난 오디션에서 2막 지젤 베리에이션을 준비했는지도 모른다.

뉴욕시립발레단의 〈지젤〉 2막은 환상적이었다. 윌리가 된 지젤, 조안 테일러가 무대 위로 나와 가슴 저미도록 슬픈 동작을 선보였다. 면사포로 얼굴을 가리고 발목까지 내려오는 순백색 튀튀를 입은 지젤은 혼령이었으나 너무나 아름다웠다. 가슴 저 밑바닥에서부터 끌어올린 슬픈 감정을 얼마나 잘 표현하는지, 하마터면 눈물을 흘릴 뻔했다. 특히 애티튜드 턴을 관람할 때 제나는 숨이 막

턴아웃

힐 뻔했다. 한쪽 다리를 구부리며 느린 회전을 반복하자 객석에서 탄성이 흘러나왔다.

그때, 옆자리에 앉아 있는 소율이 흐느끼기 시작했다. 제나는 고개를 돌려 소율을 바라보았다. 자신처럼 소율도 조안 테일러의 무대에 깊게 감동받은 거라고 생각했다. 소율은 피날레 무대가 끝날 때까지 울먹거렸다. 그런 소율을 보며 제나는 가슴이 벅차올랐다. 소율이 너무 좋았다. 마음이 통하는 친구가 곁에 있다는 생각에 정말이지 행복하기 그지없었다. 그래서 집으로 돌아오는 길에 제나는 소율에게 엄마 이야기를 털어놓았다. 그 누구에게도 꺼내지 못한 고백이었다. 엄마는 마음이 아픈 사람이고, 그런 엄마 때문에 자기가 계속 발레를 하고 있다고.

뉴욕시립발레단의 〈지젤〉을 보던 열세 살의 소율은 어리고 순박했다. 낯가림이 심해 제나 자신 외에는 친구를 잘 사귀지도 못했다. 그 뒤 발레를 향해 맹렬히 달렸지만, 적어도 지금처럼 어둡지는 않았다.

9

    김형민 형사는 오페라 극장 앞 벤치에 앉아 주위를 둘러보았다. 초가을 햇살이 광장 보도블록을 따갑게 내리쬐었다. 방금 전, 한 시간 가까이 서연조 단장을 찾아와 물었으나 그녀에게서 나온 대답은 한결같았다. 생전에 송라희가 유제나를 몹시 질투했다는 것이다. 그렇게 말하는 그녀는 교활한 여우 같았다. 사실은 그녀의 카리스마에 압도되어 김 형사는 확실한 대답을 듣지 못했다. 왜 송라희의 휴대전화에 유제나의 메디컬테스트 기록 파일이 저장돼 있는지를.

    지난번에 만났을 때, 김 형사는 와이셔츠 칼라에 꽂아 놓은 초소형 카메라로 그녀와 대화하는 장면을 촬영했

                  턴아웃

다. 영상을 마이크로 센서로 확인한 결과, 송라희 자살과 관련해서 서연조에게 의심할 만한 점은 발견되지 않았다. 눈빛의 흔들림이라든가 목소리의 작은 떨림 같은 것들이 전혀 감지되지 않았다. 그렇다고 유제나에 대한 의구심이 사라진 건 아니었다. 때문에 송라희 휴대전화에 들어 있는 유제나의 메디컬테스트 기록을 조사해야 했다. 문제는, 본인의 동의가 없으면 기록을 열어볼 수가 없다는 것이다. 정식 수사를 하지 않는 한 파일을 열어볼 도리가 없었다. 물론 비공개적인 루트를 통해 파일의 내용을 알아낼 수는 있었다. 하지만 김 형사는 굳이 그런 방법을 쓰고 싶지 않았다. 그렇다고 송라희 사건을 다시 파헤칠 마음은 전혀 들지 않았다. 사망 사건은 자살로 드러나면서 일단락됐다. 김 형사 마음에 묘하게 앙금이 남아 있을 뿐이었다. 사체로 만난 송라희가 알고 보니 구면인 탓이었다.

'역시 잘못 짚은 건가?'

김 형사는 허탈한 얼굴로 또다시 오페라 극장을 바라보았다. 아이보리빛 화강암으로 외벽을 마감한 원형 건물이 오늘따라 거대하게 보였다. 오래전 이탈리아 여행 중에 보았던 오랜 신전 같았다. 다시금 서연조 단장의 얼굴이 떠올랐다. 송라희 사건 때문에 알게 된 서 단장은 유명 인사였다. 김 형사는 평소 발레에 관심이 없었다. 그러니 발레 세계의 면면에 대해 잘 알지 못했다. 다만, 서연조 단장이 나이에 비해 상당히 어려 보인다는 것, 그 나이 보통 여자들에게 없는 아우라가 있다는 것, 그리고 우아하면서도 한편으론 기가 몹시 센 여자라는 사실을 직감적으로 알아차렸다.

갑자기 오페라 극장 안에서 교복 입은 여학생들이 우르르 몰려나왔다. 작은 얼굴에 깡마른 몸과 팔자걸음이 예비 발레리나들처럼 보였다. 발랄하게 떠드는 모습이 이곳 발레단 발레리나들과 분위기가 사뭇 달랐다. 영락없는 소녀들이었다. 갈 길이 확실하게 정해진 이곳 발레단의 단원들은 얼굴에 엄격함이 배어 있다. 아직 발레스쿨을 다니는 학생 단원들조차도 표정이 진지했다. 그게 프로와 아마추어의 차이인지도 모른다. 김 형사는 시끌벅적 지나가는 소녀들에게 길게 눈을 두었다. 조금 있으면 발레단 단원들의 휴식 시간이다. 휴식 시간을 이용해 유제나 양을 만나기로 약속했다.

"지젤이라……."

김 형사는 탐문에 앞서 〈지젤〉 공연의 내용을 찾아 읽었다. 〈지젤〉은 작은 마을에 사는 순박한 처녀 지젤에게 알브레히트라는 청년이 찾아오며 사랑이 싹트는 이야기

턴아웃

였다. 알브레히트는 귀족 신분에 약혼녀가 있는 남자였다. 그 사실을 숨긴 채 알브레히트는 지젤과 사랑을 나눈다. 그런데 지젤을 짝사랑한 힐라리온이라는 청년이 지젤에게 그 사실을 알려줄 기회를 노리고 있다. 한편, 지젤은 마을 축제에서 춤을 추고 싶어 하지만 심장이 약해 춤을 추지 못한다. 마을에는 사랑에 배신당해 죽은 처녀 귀신들이 남자들을 홀려 죽을 때까지 춤추게 만든다는 전설이 전해졌다. 불행하게도 지젤은 마을 축제 날, 힐라리온에 의해 알브레히트의 정체를 알게 된다. 지젤은 충격으로 심장을 쥐어 잡으며 죽는다. 죽은 지젤은 처녀 귀신 윌리들 무리에 들어간다. 깊은 밤, 처녀 귀신들은 지젤의 무덤을 찾아온 힐라리온을 춤추다가 죽게 만든다. 그 뒤, 알브레히트가 사죄하는 마음으로 지젤의 무덤을 찾아온다. 윌리들은 그를 죽이려 하지만, 지젤은 이를 필사적으로 말린다. 윌리들의 여왕 미르타에게 그를 살려달라며 애원한다. 날이 밝아지면서 윌리들이 사라진다. 지젤도 사랑하는 남자를 남겨둔 채 숲에서 사라진다. 이런 내용의 〈지젤〉은 지젤이라는 아가씨의 헌신적이고도 아름다운 사랑 이야기였다.

이야기를 읽고 나서 김 형사는 솔직히 좀 황당했다. 이런 식의 사랑 이야기가 몇백 년 동안이나 공연으로 만들어진다는 사실이 의아하기 짝이 없었다. 발레리나들이 가장 선망하는 배역이 바로 지젤이라고도 했다. 한 달 전, 송라희 사망 사건을 수사하기 위해 김 형사는 이번 공연의 주요 배역과 조연, 군무 추는 발레리나들까지 한 명 한 명 조사한 적이 있었는데, 그때 들어 안 사실이었다.

시계를 보고 나서 김 형사는 벤치에서 일어나 오페라 극장 쪽으로 발걸음을 옮겼다. 출입문을 열고 들어가 곧바로 연습실로 향했다. 지난번에 왔던 지하 1층 연습실 계단을 내려가자 기다란 복도가 나왔다. 이곳이 그 단정하고 우아한 발레리나들의 연습실이라는 사실이 믿어지지 않았다. 더구나 공연장은 세계적으로 유명한 발레 공연을 하는 장소였다. 연습실로 통하는 좁고 기다란 복도는 너무 낡아 음산하게 느껴질 정도였다. 조도가 낮은 불빛 탓에 내부가 더욱 칙칙하게 느껴졌다. 딱 영화에나 나올 법한 살인 현장처럼 보였다.

연습실 문을 열고 발레리나들이 하나둘 나왔다. 옆을 스치며 지나가는데 땀 냄새가 훅 끼쳐 들었다. 발레리나들이 몸을 흑사시키며 연습을 하고 나오던 참이었다. 김 형사는 연습실 한쪽에 서 있는 제나에게 눈을 두었다. 제나는 자기만큼이나 귀여운 외모의 발레리나와 발랄하게 이야기를 나누고 있었다.

IO

김 형사는 안무가실에 앉아 주위를 둘러보았다. 단장실에 비해 턱없이 비좁은 공간이 장식도 거의 없어 스산하게 느껴졌다.

제나를 기다리며 김 형사는 몇 년 전 친구 소개로 만난 여자와 발레 공연을 보러 갔던 때를 떠올렸다. 〈잠자는 숲속의 미녀〉라는 공연이었는데, 1막 중간부터 졸기 시작했다. 옆자리에 앉은 여자가 그저 그랬던 탓도 있었으나, 어두컴컴한 객석에 앉아 차이콥스키의 오케스트라 연주를 듣고 있노라니 졸음이 몰려와 견딜 수가 없었다. 막간 휴식 시간에 소개받은 여자는 화가 나서 돌아가버렸다. 김 형사는 황당했으나 돈이 아까워 끝까지 남아 공연을 다 봤다. 아니, 잠이나 실컷 더 잘 생각이었으나 웬일로 잠이 오지 않았다. 뜻밖에도 무대가 눈에 확 꽂혀 들어온 것이다. 작고 각진 얼굴에 윤곽이 뚜렷한 주인공 발레리나의 무대를 홀린 듯 바라보았다. 그녀가 몸을 움직일 때마다 만들어내는 선들이 그렇게 아름다울 수가 없었다. 왕자의 키스를 받은 오로라 공주가 100년 동안의 마법에서 깨어나는 장면이었다. 동화 원작을 그대로 따라 한 공연이었으나 그 로맨틱한 장면이 노총각 김 형사의 마음을 울렸다. 그때 오로라 공주 역을 맡았던 발레리나가 바로 송라희였다. 그때는 몰랐으나 이번에 자료 조사를 하는 중에 발견한 사실이었다. 다른 건 몰라도 발레리나의 얼굴만큼은 김 형사의 뇌리에 확실하게 각인되었다. 처음 본 발레 공연이었을 뿐만 아니라, 송라희의 얼굴이 굉장히 개성 있었기 때문이다. 발레 공연을 보면서 뜻밖에도 크게 감동을 받았던 기억이 떠올랐다.

그런 인연 탓인지 김 형사는 송라희 사망 사건에 자꾸 마음이 갔다. 그녀가 자살했다는 정황과 물증은 이미 나온 상태였다. 그런데도 의구심이 드는 건 역시 유제나와의 관계 때문이었다.

'스스로 목숨을 끊을 만큼 발레리나 생활이 힘들었을까……?'

오로라 공주 역의 송라희를 생각하면 도무지 이해할 수가 없었다. 무대 위를 누비던 송라희는 넋을 잃을 정도로 아름다운 주연 발레리나였다. 김 형사는 발레리나들이야말로 기복이 심한 직업이라는 생각을 했다. 이번 사건 때문에 문화예술 관련 잡지를 뒤적거리다 송라희에 대해 언급한 기사를 읽은 적이 있었다. '현대 한국 발레의 위상'이라는 헤드라인으로 실린 기사에는 송라희에 대한 언급이 짤막하게 나 있었다. 그녀가 예전의 기량을 보여주지 못하고 있다며 안타깝다는 내용이었다. 송라희 본인이 읽었다면 몹시 기분 나빴을 내용의 기사였다.

조금 뒤 제나가 안무가실로 들어왔다. 김 형사는 제나를 바라보며 또다시 역시! 하는 생각이 들었다. 어린 나이에도 분위기가 남달랐다. 외모 자체만 봐도 충분히 지젤 역에 발탁될 만했다.

"제나 양, 먼저 지젤 역에 발탁된 거 축하합니다."

김 형사가 제나를 바라보며 말했다. 제나는 눈을 내리뜨며 살짝 웃었다. 다른 발레리나들과 어쩐지 좀 다른 분위기를 풍겼다. 형사에게 조사받으면서도 초조함이나 조바심을 내비치지 않았다. 한결 여유 있는 표정이 어떻게 보면 배짱이 두둑해 보이기까지 했다. 그런 모습에 반해서 단장이 특별히 제나를 예뻐하고 있는지도 모른다. 수

많은 사람들 앞에서 공연하는 예술가라면 저런 강단이 반드시 필요할 테니까.

"자, 몇 가지만 빨리 물어보겠습니다."

제나가 그 큰 눈으로 김 형사를 바라보았다.

"송라희 씨가 제나 양을 미워했다고 하던데 구체적으로 어떻게 행동했습니까? 아, 먼저 어머니가 발레리나 신수연 씨라고 하던데, 맞나요?"

제나가 눈살을 살짝 찌푸렸다. 조금 뒤 또박또박 대답했다.

"라희 선배는 절 보고, 전설적인 발레리나 신수연의 딸이라면서 좋지 않은 투로 말했어요."

"아, 어머니도 대단한 발레리나셨군요."

제나가 고개를 끄덕였다.

"솔직히 말하면, 누군가가 엄마 이야기를 꺼내는 거 전 별로 좋아하지 않아요."

"왜죠?"

"엄마가 발레를 그만두고 얼마나 힘들어했는지 알고 있으니까요. 사정도 모르면서 다들 대단한 발레리나였다고 떠벌리죠."

"자랑스러워할 줄 알았는데 의외네요?"

제나가 시무룩한 얼굴로 고개를 끄덕였다.

턴아웃

"제나 양……."

김 형사가 제나의 이름을 가만히 불렀다. 제나는 말없이 김 형사의 눈을 바라보았다.

"송라희 씨 휴대전화에 제나 양에 대한 기록이 들어 있는데, 혹시 알고 있었나요?"

제나가 눈을 동그랗게 떴다.

"아니요, 몰랐어요. 어떤 기록이에요?"

"제나 양의 메디컬테스트 기록이에요."

"네에? 제 메디컬테스트 기록이요?

"네. 송라희 씨 죽음과 관련이 있나 싶어 조사를 하고 싶은데, 우리 쪽에서 파일을 함부로 열어볼 수가 없어요. 제나 양의 동의가 필요해요."

제나는 난감한 표정을 짓더니 고개를 갸웃했다. 자신의 메디컬테스트에는 아무런 문제가 없었다. 그런데 왜 김 형사가 그걸 열어보고 싶어 하는지 알 수가 없었다. 조금 뒤 제나가 야무지게 말했다.

"그런 일이라면 단장님과 의논해봐야 할 것 같은데요? 왜냐하면 그 파일은 발레단에 보관돼 있거든요. 근데 진짜 황당해요. 제 기록이 왜 라희 선배 휴대전화에 들어 있어요?"

"그걸 잘 몰라서 이렇게 묻는 거예요."

"근데 그 사실을 단장님께서도 알고 계시나요?"

김 형사는 솔직히 털어놓았다.

"네, 제가 말씀드려서 알고 계십니다. 하지만 왜 제나 양의 기록이 송라희 씨 휴대전화에 들어 있는지는 모른 다고 했습니다."

그러고 나서 김 형사는 제나를 빤히 바라보았다. 제나 는 정말 아무것도 모르는 눈빛을 했다.

"좋아요. 이제 그만 나가봐도 됩니다."

김 형사는 인사를 하며 나가는 제나를 다시 불렀다.

"참, 〈지젤〉 공연은 언제 시작하죠?"

그제야 제나가 해맑게 웃으며 말했다.

"올 연말이에요. 서울에서 연말 공연을 하고 나서 곧바 로 유럽 공연을 할 예정이에요."

"대단하군요. 저도 꼭 보러 가겠습니다."

"감사합니다."

제나가 꾸벅 인사하고 나서 밖으로 나갔다. 김 형사는 참 깨끗한 인상을 주는 발레리나라는 생각에 미소를 지 었다.

하지만 긴장을 늦춰서는 안 됐다. 내키지 않았으나 유 제나에 대해 제대로 조사해야 할 것 같았다. 서 단장에게 보낸 송라희의 휴대전화 문자에 제나라는 이름이 대여섯

번이나 언급됐다. 제나는 그 사실을 모르고 있었다. 자신의 메디컬테스트 기록이 들어 있다는 사실은 말할 것도 없었다.

II

　오전 8시 30분. 연습 시간이 다 되도록 로미가 연습실에 나타나지 않았다. 제나는 휴대전화로 로미에게 문자를 보냈다. 응답이 없어 전화를 걸었으나 전화도 받지 않았다.

　'뭐지?'

　제나가 고개를 갸웃하는데, 연출가 윤 선생이 말했다.

　"오늘 윤로미 양은 결석이다. 몸살이 심하게 났대요."

　제나는 의아한 얼굴로 무대 한쪽으로 물러났다. 막 연습을 시작하는 발레리나들에게 눈길을 두면서도 로미 생각을 했다. 어제 집으로 돌아갈 때만 해도 로미는 생기가 넘쳤다. 시큰둥한 제나의 반응에도 나노칩 시술에 대해 끊임없이 떠들어댔다. 그런데 느닷없이 몸살이라니.

　　　　　　　　　　　　　　　　　　　　　턴아웃

로미가 빠진 채 2막 군무 윌리 씬 연습이 시작됐다. 피아노 반주가 연습실 가득히 울려 퍼졌다. 가운데 서 있던 발레리노가 구석진 곳으로 달려가자, 윌리들이 그 발레리노를 가로막고 섰다. 발레리노는 지젤을 짝사랑하던 마을 청년 힐라리온이었다. 발레리노가 또 다른 방향으로 달아나자 윌리들은 또다시 그를 가로막았다. 발레리노는 공포에 질린 얼굴을 한 채 윌리들에게 서서히 포위당했다.

이윽고 미르타로 분한 소율이 무대 한가운데로 나와 춤을 췄다. 동작 하나하나에 근엄함이 묻어났다. 방금 전의 발레리노가 춤을 추기 시작했다. 점프와 턴을 반복하는 그의 얼굴은 고통으로 일그러졌다. 자신의 폭로로 지젤이 죽었다. 그 대가로 발레리노는 처녀 귀신들에게 붙잡혀 고통을 당하고 있다. 그는 죽을 때까지 춤을 춰야만 한다.

소율은 고뇌에 찬 표정을 짓더니 양팔을 교차해 휘둘렀다. 발레리노를 처단하라는 뜻이었다. 윌리들의 시선이 발레리노에게 쏠렸다. 그러자 발레리노는 괴로운 표정을 지으며 마치 누군가에게 끌려가듯 무대 가장자리로 물러났다.

소율은 지난번 연습 때보다 훨씬 안정적인 동작을 보였다. 근엄하면서도 섬짓한 표정을 흔들림 없이 잘 표현해냈다. 소율의 동작들을 눈여겨보며 제나는 자꾸 휴대전화를 곁눈질했다. 어쩐지 좀 불길한 기분이 들었다.

'얘가 설마 시술을 받고 있는 건 아니겠지.'

제나는 고개를 저었다. 만약에 로미가 나노칩 시술을 받는다면 틀림없이 자기한테 말해줬을 거라고 생각했다. 정말로 몸살이 났을 거라고, 그렇게 생각하며 손에서 휴대전화를 내려놓았다.

목요일 저녁은 연습이 없었다. 오후 연습을 마치자마자 제나는 서둘러 엄마를 만나러 갔다. 오페라 극장에서 멀지 않은 그랜드로열 호텔이었다. 그곳에서 오늘 저녁에 정영하 박사의 강연이 있다고 들었다. 제나는 내키지 않았으나 모처럼 들떠 있는 엄마의 제안을 거절하지 않았다.

호텔 출입구에 엄마가 서 있었다. 한껏 치장한 엄마의 모습은 못 알아볼 정도로 화사했다. 집에 있을 때는 마른 풀잎처럼 푸석거리기만 했는데. 발레를 일찍 그만두지 않았다면, 어쩌면 엄마도 서 단장처럼 발레와 관련된 일을 하고 있을지도 모른다. 시간을 되돌린다면 엄마는 다시 발레를 하고 있을까. 빛나던 시기가 너무 짧았으니 어쩌면 죽을 때까지 열정이 식지 않을지도 모른다.

제나와 수연은 강연회가 열리는 그랜드볼룸 쪽으로 걸어갔다. 높은 천장에 매달아놓은 샹들리에 불빛이 보석처럼 빛을 냈다. 매끈한 복숭아 빛깔 대리석 바닥을 조금

턴아웃

더 걷자 그랜드볼룸이 나왔다.

문을 열고 들어가자 넓은 공간에 이미 수많은 사람들이 앉아 있었다. 누가 저런 강의를 들으러 갈까 했는데 생각보다 많은 사람들이 자리를 차지했다. 대부분 제약회사 대표들과 그 직원들, 바이오테크 관련 연구자들, 대기업 간부들일 터였다.

"어, 왔어?"

조금 있으니까 뒤에서 중저음의 목소리가 들렸다. 서연조 단장이었다. 제나와 수연이 돌아보자 연조가 언제나처럼 생기 넘치는 얼굴로 웃었다. 연조는 허리에 벨트를 맨 단아한 검정색 원피스를 입었다. 여느 때와 달리 입술에 빨간색 립스틱을 발랐는데 그 모습이 무척 고혹적으로 보였다. 제나는 그런 서 단장을 살피는 엄마의 시선을 놓치지 않았다. 엄마의 시선에서 묘한 긴장감을 느꼈다. 한창때 엄마는 서 단장과는 비교가 되지 않을 정도로 뛰어난 발레리나라고 들었다.

이윽고 강연이 시작됐다. 청중석이 고요해지고, 청보랏빛 정장 슈트 차림을 한 여자가 정영하 박사 프로필을 소개했다.

곧 정영하 박사가 강단으로 올라섰다. 객석에서 박수소리가 터져 나오고 정영하 박사는 미소 지으며 인사를 했다. 큰 키에 마른 체형, 하얗고 작은 얼굴에 동그란 안경을 쓴 훈남이었다. 제나는 귀에 박히도록 듣던 정영하 박사를 실물로 처음 봤다. 나이보다 훨씬 젊어 보여 깜짝 놀랐다. 아마도 자신이 개발한 수명 연장제를 시험 삼아 제일 먼저 먹은 게 아닐까 하는 생각이 들 정도였다.

정영하 박사의 강연이 시작되었다. 정영하 박사는 유전자 시퀀싱 연구로 수명을 연장하는 신약을 개발했다며 운을 띄웠다.

"저는 YHJ바이오테크 소장이고 벤처를 함께 하고 있습니다. 수십 년째 연구와 사업을 동시에 진행하고 있지만, 솔직히 사업은 적성에 맞지 않고 힘든 일입니다. 그래서 이 자리에 계신 경영자분들은 참으로 대단하다는 생각을 거의 매일 하고 있습니다. 제 연구의 목적은 어떻게 하면 인간의 수명을 늘릴 수 있을까, 하는 데 있습니다. 단순히 인간의 수명만 연장하려는 목적은 아니죠. 어떻게 하면 인간이 건강하게 오래 살 수 있을까? 그걸 연구하다 보니 자연스럽게 약품 개발이라는 사업과 연결이 됐습니다."

정영하 박사는 자신의 벤처가 여러 제약 회사와 협약을 맺고 있다고 말했다. 그 대목에서 제나는 한참 전에 읽은 기사를 떠올렸다. 부작용의 심각성 때문에 현재 시판

되고 있는 수명 연장 약품을 모두 거둬 들였다는 기사였다. 그런데 또 다른 수명 연장 약품이라니. 그 의구심에 대답이라도 하듯 정영하 박사가 말했다.

"저희 연구소에는 삼천만 명분의 혈액 샘플이 있습니다. 유전자 분석을 의뢰한 사람들의 혈액 샘플이지요. 이번 신약은 그 혈액으로 유전자를 분석한 결과, 철저한 실험 과정을 거쳐 나온 수명 연장 약품이라고 확신합니다. 아시다시피 기존의 수명 연장 약품은 대부분 화합물이나 단백질 성분이었죠. 하지만 저는 이제 아예 유전자를 교정해서 근원적으로 치료하는 맞춤형 신약을 개발했습니다. 약품으로 인한 부작용을 크게 줄일 수 있다는 장점이 있습니다."

정영하 박사는 유전자 시퀀싱 기술에 대해 부연 설명했다.

"유전자 분석은 과거에 비해 아주 간편해졌습니다. 여기서 간편하다는 건 그 시간과 비용에 한해서 말씀드린 것입니다. 분석 자체는 아주 정밀하고 어려운 작업입니다."

그는 달변가였다. 그리고 다분히 선동적인 사람이었다.

"노화는 질병입니다. 죽음으로 향하는 자연적인 현상이 아니라 분명한 질병입니다. 이제 인류는 수명 연장이라는 단계를 넘어섰습니다. 마음만 먹으면 영원히 살 수 있는 시대가 조만간 도래할 겁니다."

객석에서 탄성이 흘러나왔다. 영원히 사는 인간이라니. 제나는 흥미진진하게 그의 강연을 들었다.

객석의 반응에 고무된 듯 정영하 박사의 목소리에 더욱 힘이 들어갔다.

"노화는 완전히 극복될 수 있습니다. 10년 뒤쯤이면 저는 틀림없이 영원히 죽지 않는 신약이 개발될 거라고 믿습니다."

그러고 나서 정영하 박사는 수명 연장 약품에 대해 한 시간이 넘도록 강의를 했다. 그가 홀로그램에서 보여주는 강의 내용이 얼마나 실감나던지, 제나는 정말로 미래가 그의 말대로 될 것만 같았다. 하지만 한편으로는 고개가 갸웃거려졌다.

'이 많은 사람들이 영원히 산다면, 그게 과연 올바른 일일까?'

반면에 수연은 눈빛을 빛내며 정영하 박사의 강의를 경청했다. 정영하 박사는 수연과 가끔 통화를 주고받는 사이였다. 수연에게 정영하 박사는 몇 안 되는 존경하는 사람이었다. 수연은 그의 유전자 시퀀싱 연구에 대한 열정과 신념을 높게 평가했다. 행복해질 수 있는데 왜 유전

턴아웃

자 조작을 해서는 안 된다고 말하는지 도무지 이해할 수가 없었다. 오래전 수연은 정영하 박사를 통해 자신의 유전자를 분석했다. 외가 쪽 내력인 암에 대한 공포 때문이었다. 아기였을 때 제나도 유전자 검사를 했다. 그리고 제나가 자란 뒤 말해주었다.

'제나야, 넌 걱정할 것 없어. 네가 아기였을 적에 엄마 아빠가 네 유전자를 분석했는데 아주 건강하게 태어났단다. 다행히 엄마와 할머니한테 있는 유전자 변이가 너에게는 없었어. 그걸 확인하고 나서 엄마는 얼마나 마음이 편안했는지 몰라. 너에게 병을 물려주지 않을 테니까, 이제 더 이상 불안에 떨 필요가 없었지.'

정영하 박사의 강연은 밤 9시 반이 다 돼서 끝났다.

제나는 휴대전화 전원을 꺼두었다는 생각이 떠올랐다. 휴대전화를 켜자마자 연달아 신호음이 울렸다.

"로미네 아줌마한테 전화가 잔뜩 와 있어요!"

제나는 허둥대며 휴대전화 문자를 확인했다. 로미 엄마에게서 수십 통이나 되는 문자와 전화가 와 있었다. 순간, 제나는 무서운 예감에 사로잡혔다. 로미에게 무슨 일이 일어난 게 틀림없었다.

12

로미는 고개를 들고 낡아빠진 5층 건물을 올려다보았
다. 2층 창에 김인철 외과의원이라고 쓰인 간판이 나붙어
있었다. 얼마나 오래된 것인지 간판 테두리에 두툼한 먼지
가 끼어 있었고, 글씨도 떨어져 나가 흐릿했다. 간판뿐만이
아니었다. 건물도 족히 몇십 년은 된 것처럼 타일 틈새로
시커먼 때와 곰팡이가 끼어 있었다. 시멘트로 마감한 벽면
은 쩍쩍 갈라져 손을 대면 금세 무너져버릴 것만 같았다.

오늘 아침, 중년 남자가 로미와 그림이를 승용차에 태
우고 서울 외곽에 있는 이 동네로 왔다. 윤 선생에게는 몸
살이 났다고 둘러댔다. 남자는 시술이 끝나고 몇 시간만
안정을 취하면 괜찮을 거라고 했다. 그러면 발레단 연습

이 끝나는 시간에 맞춰 집으로 갈 수 있을 터였다.

동네는 온통 낡은 건물들뿐이었다. 개발하려다 말았는지 깨부서진 건물들도 몇 채 눈에 띄었다. 아마도 오랫동안 방치한 동네인 듯 싶었다.

"이곳에서 시술받는 거예요?"

로미가 의심스러운 눈빛을 하며 중년 남자에게 물었다. 베이지색 바지에 검정색 점퍼를 입은 중년 남자는 그렇다며 고개를 끄덕였다. 그리고 시술은 금방 끝낼 테니 걱정 말라고 덧붙여 말했다.

옆에서 그림이가 바짝 긴장한 얼굴로 로미에게 눈짓을 했다. '지금 제대로 돌아가고 있는 거 맞아?' 하고 묻는 것 같았다. 로미는 입을 꾹 다물고 고개를 끄덕였다. 어차피 한국에서 질병 치료 목적 외에는 나노칩 시술이 불법이었다. 나노칩 시술을 하다 걸리면 벌금형에 처해진다. 그 액수가 어마어마하다고 들었다. 합법적인 통로를 찾으려면 유럽으로 날아가야 했다. 하지만 합법적인 시술 비용은 몇 배나 비쌌다. 또한 왕복 비행기표와 숙식 비용이 만만치 않을 터였다. 로미는 나노칩 시술이 하고 싶어 몸이 달았다. 그 와중에 SNS에서 떠도는 '초간단 나노칩 시술'이라는 걸 발견했고, 오늘 비로소 시술을 하게 됐다.

"선생님, 시술 시간은 얼마나 걸려요?"

로미가 또다시 중년 남자에게 물었다.

"한 시간 정도 걸릴 거야."

옆에서 그림이가 끼어들었다.

"많이 아파요?"

중년 남자가 로미와 그림이를 번갈아 보았다.

"아냐, 그렇게 아프지 않아."

그림이가 따지듯이 물었다.

"어떻게 알아요? 아저씨는 시술 안 받았잖아요?"

"시술받은 사람들이 아프지 않다고 했으니 그런 거겠지. 꼭 해봐야 아니?"

중년 남자가 붉거진 눈알을 굴리며 두 아이를 마땅치 않게 보았다. 그 서슬에 로미와 그림이는 잠자코 남자를 따라 건물 계단을 올라갔다.

2층으로 올라서자 김인철 외과의원이 나왔다. 아무리 봐도 진료를 한 지 꽤 오래된 병원처럼 보였다. 로미는 또다시 의구심이 들었으나 남자를 따라 병원 안으로 들어갔다.

병원 안에는 세 사람 외에 아무도 없는 듯 보였다. 그림이가 로미의 손을 꼭 잡으며 자그맣게 속삭였다.

"언니, 우리 이대로 시술받아도 정말 괜찮을까?"

로미는 떨렸지만 목에 힘을 주며 말했다.

턴아웃

"당연히 괜찮지. 나노칩 시술은 잘못돼도 생명에는 지장이 없댔어. 수술이 아니라 시술이잖아. 주사로 나노칩을 우리 몸에 심는 거라잖아. 칼로 째고 꿰매는 것도 아니니까 절대 아프지 않을 거야."

"그렇겠지?"

"그리고 우리는 저 아저씨한테 이미 큰돈을 냈어. 이제 와서 시술을 포기할 테니 돈을 돌려달라고 하면, 너 같으면 돌려주겠니?"

"아니……."

"그러니까 우리 시술받자. 시술 잘 받아서 영국으로 같이 가는 거야. 영국은 나노칩 시술 받은 발레리나들뿐이라잖아. 시술만 받으면 크게 다치지 않고 발레를 오래도록 할 수 있어. 너, 계속 발레 하고 싶은 거 맞지?"

"응."

"그럼 지금부턴 걱정하지 말고 시술받는 거야. 알겠지?"

그렇게 다짐하자 로미는 마음이 한결 편안해졌다. 나노칩 시술을 받은 뒤 나비처럼 무대 위를 훨훨 날아다닐 생각을 하니 황홀한 기분마저 들었다.

로미는 길게 숨을 내쉬었다. 조금 뒤 남자가 처치실이라고 쓰여진 방 안에서 그림이를 불렀다. 시술 순서는 로미가 정했다. 만약에 그림이에게 무슨 일이 생기면 뒤에 남은 자기가 다 알아서 처리하겠다고 마음먹었다. 그리고 고백하자면 먼저 시술을 받는 게 조금 겁이 났기 때문이기도 했다.

로미는 병원 객실 의자에 앉아 눈을 감고 그림이의 시술이 끝나기를 기다렸다. 조금 있으면 지방에서 외과의사로 일한다는 저 남자가 그림이에게 새로운 몸을 만들어줄 것이다. 뼈의 모양이나 밀도를 개량하고, 발레리나들에게 필수적인 근육을 강화하는 시술이라고 했다. 이제 팔과 다리, 무릎과 골반에 뼈와 근육을 강화하는 나노칩을 넣으면 큰 부상에 시달리지 않고도 발레를 할 수 있다. 또 지금처럼 고강도 연습을 하지 않아도 관객을 감동시키는 공연을 할 수 있을지도 모른다. 로미가 얼마나 바라던 일이었는지 모른다.

시술 뒤 펼쳐질 미래를 떠올리며 로미는 또다시 가슴이 벅차오르는 걸 느꼈다. 영국 로열발레단에서 무대를 누비는 자신의 모습이 뇌리에서 휙휙 지나갔다. 수많은 관객들의 환호와 갈채가 그 누구도 아닌 피날레 무대 가장 중앙에 서 있는 자신에게 쏟아졌다. 앞으로는 그럴 수 있었다. 그럴 수 있다면, 이까짓 시술쯤은 정말이지 아무것도 아니었다. 로미는 자신의 선택을 후회하지 않았다.

턴아웃

13

한 시간 뒤 남자가 허둥대며 처치실 밖으로 나왔다. 시술용 라텍스 장갑을 끼고 있는 남자를 보며 로미는 마른침을 꿀꺽 삼켰다.

"시술 끝났어요?"

로미가 의자에서 벌떡 일어서며 물었다. 남자는 계속 불안정한 낯빛을 한 채였다.

"으응. 끝났는데 아직 저 아이는 휴식을 취해야 해. 너는 거기 앉아 기다려라."

"그럼 저는 언제 해요?"

"아, 저 애가 좀 움직이면 할 테니까 거기서 기다려!"

남자의 목소리에 신경질이 배었다. 로미는 주눅이 들

어 잠자코 있었다. 남자는 담배를 피우고 오겠다며 밖으로 나갔다. 그러고는 30분이 지나도 병원으로 돌아오지 않았다. 안정을 취해야 한다는 남자의 말만 믿고 그림이가 있는 방으로 선뜻 들어가지 못했다. 객실을 서성이며 또 10여 분을 보냈다.

'안 되겠어!'

로미는 남자에게 전화를 걸었다. 그러나 남자는 전화를 받지 않았고, 다시 전화를 걸었을 때에는 착신이 불가능한 전화번호라는 음성 메시지가 들렸다. 그제야 로미는 일이 크게 잘못됐다는 확신이 들었다. 그때 처치실에서 신음 소리가 흘러나왔다. 로미는 처치실 안으로 뛰어들어갔다.

그림이가 침상에 누운 채 끙끙 앓고 있었다.

"그림아, 괜찮니?"

로미는 아파 말도 하지 못하는 그림이 곁으로 바짝 다가섰다. 반쯤 발가벗겨진 그림이의 몸 여기저기에 주삿바늘 자국이 보였다. 얼마나 굵은 바늘이었는지 뼈마디 있는 곳 어디나 구멍 같은 바늘 자국이 나 있고 시퍼렇게 멍이 들어 있다.

"그림아, 일어나 봐!"

로미가 소리를 질렀지만 그림이는 앓는 소리만 낼 뿐

일어나 앉지 못했다. 남자는 한 시간의 시술이 끝나면 금세 일어날 수 있을 거라고 말했다. 시술 뒤 두어 시간 정도 휴식을 취하고 나면 일상생활로 돌아올 수 있을 거라고. 하지만 그림이는 창백한 얼굴을 한 채 금방이라도 죽을 것처럼 아파했다. 그놈은 사기꾼이었다.

"어쩌면 좋아!"

로미가 큰 소리로 외쳤다. 순식간에 눈물이 그렁그렁 맺히더니 볼을 타고 뚝뚝 떨어졌다. 등받이가 없는 의자에 철퍼덕 앉아 펑펑 울기 시작했다. 순식간에 땅이 꺼져버린 듯한 상황이 벌어진 것이다. 눈이 퉁퉁 부어오를 정도로 울고 나자 그림이가 겨우 말을 건넸다.

"언니……. 나, 어떻게 된 거야? 몸을 못 움직이겠어…….
흑흑……."

기운을 차린 그림이가 울기 시작했다. 서둘러 이곳을 나가 병원으로 가야 했지만 로미는 엄두가 나지 않았다. 너무 큰 사고를 내고 말았다. 학교 선배라는 사람이 후배를 꼬드겨 몸을 가누지 못하게 만들어버렸다. 게다가 어마어마한 시술 비용까지 단숨에 날렸다.

로미는 낯선 건물 안에서 그림이를 부둥켜안으며 울었다. 오래된 탁자와 의자 하나가 놓여 있고, 벽면은 아무런 장식 없이 하얗게 페인트칠된 작은 병실 안이었다. 로미와 그림이는 몇 시간째 이곳에 머물렀다.

저녁이 될 때까지 그림이는 자리에서 일어나 앉지 못했다. 이대로 영영 일어나지 못할까 봐 두 소녀는 겁에 질린 얼굴로 또다시 흐느꼈다. 휴대전화에서 끊임없이 전화가 왔다. 엄마 아빠의 전화였다. 하지만 로미는 전화를 받을 용기가 나지 않았다. 조금만 더 기다리면 그림이가 나을 수도 있으니까 그때 전화를 받기로 마음먹었다.

로미는 그림이 곁에서 밤 10시까지 버텼다. 어제 너무나 기분이 들떠 있던 상태라 잠을 설쳤으나 잠이 오지 않았다. 그림이는 여전히 꼼짝하지 못했다. 팔을 들 수도 다리를 들어 올릴 수도 없었다. 다행히 눈빛은 돌아와 아까보다 초점이 또렷해졌다.

갑자기 그림이가 울음을 터뜨렸다.

"언니, 나 집에 돌아가고 싶어! 우리 엄마 아빠 좀 불러 줄래? 아니, 언니네 엄마 아빠를 불러줘. 우리 엄마가 알면 날 가만두지 않을 거야."

로미가 그림이를 부둥켜안으며 또다시 대성통곡을 했다. 집으로 돌아가야 했다. 그림이를 큰 병원으로 데리고 가야 하는데 어떻게 하면 좋을지 떠오르지 않았다. 지금쯤 자신이 사라진 걸 알고 엄마 아빠는 난리가 났을 터였다. 로미는 휴대전화를 내려다보았다. 아니나 다를까 그

사이 수없이 많은 전화와 문자가 쏟아질 듯 와 있었다. 엄마와 아빠에게 각각 수십 통의 문자와 전화가 와 있었고, 마지막엔 제나의 문자와 전화가 와 있었다.

로미는 재빨리 제나에게 전화를 걸었다. 제나가 기다렸다는 듯이 전화를 받았다. 제나의 목소리를 듣자마자 로미는 왈칵 울음을 터트렸다.

"제나야……. 나, 어떻게 해……."

울음소리 때문에 제나는 로미의 말을 알아들을 수가 없었다. 자꾸만 같은 말을 되풀이했다.

"그니까 거기가 어디냐고? 로미야, 어서 말해! 지금 당장 내가 아줌마 아저씨랑 갈게!"

로미가 울먹이며 말했다.

"그 아저씨 자동차로 와서 여기가 어딘지 모르겠어……. 그냥 서울 변두리야……."

제나가 다급하게 말했다.

"전화 끊지 마! GPS로 연결할게."

조금 뒤 제나가 큰 소리로 말했다.

"위치가 잡혀! 진짜 서울이네! 너, 거기 꼼짝 말고 있어! 알았지?"

"으응……."

정확히 30분 뒤 제나와 로미의 엄마 아빠가 오래된 동네로 달려왔다. 자율 주행 자동차를 타고 거의 날다시피 달려온 것이다.

로미 엄마는 로미를 보더니 거의 미친 사람처럼 울부짖으며 꼭 끌어안았다. 좀 더 이성적인 로미 아빠가 처치실에 누워 있는 그림이에게 다가갔다.

"네가 그림이구나."

그림이는 로미 아빠를 보며 또 울먹였다. 몸통에 팔과 다리를 이어 붙인 목각인형처럼 그림이의 팔다리는 축 늘어져 있었다.

"이런!"

그 모습을 보고 로미 아빠가 얼굴을 찌푸렸다. 이내 그림이를 안심시키려는 듯 차분하게 말을 건넸다.

"자, 아저씨가 안아들 테니까 걱정 말고 있으렴. 병원에 가면 금방 나을 거야."

그림이가 울먹이며 고개를 끄덕였다.

조금 지나지 않아 사람들이 자동차에 탔다. 로미 아빠가 음성 인식 장치에 대학병원 이름을 말하자, 자동차가 몸체를 틀며 움직이기 시작했다. 로미 엄마는 무지막지하게 눈알을 부라리며 로미를 노려보았다.

"넌 왜 말짱한 건데?"

로미가 기어들어 가는 목소리를 냈다.

"선생님이 도망가버렸어요……."

"뭐, 선생님? 아니, 넌 지금 저 애를 저 지경으로 만든 놈한테 선생님이라는 말이 나오니? 아이고, 내가 정말 너 때문에 못 살겠다!"

"죄송해요, 엄마 아빠……."

로미 엄마가 열을 내며 로미 아빠에게 말했다.

"그놈을 잡아야 할 텐데, 어떻게 하지?"

"우선 그림이를 병원에 입원시키고 나서 생각하자고. 병원 처치실이나 어디쯤에 그 작자의 체취가 남아 있을 테니 금방 찾을 수 있을 거야."

로미 엄마는 다시 한번 로미를 노려보았다. 하지만 더 이상 소리내어 꾸짖지 못했다. 제나 품에서 아기처럼 잠 들어 있는 그림이를 의식했기 때문이다.

운전석 앞에 앉은 로미 아빠가 낮은 목소리로 말했다.

"나노칩 시술은 성인이 된 뒤에도 부작용이 일어날 수 있다는 보고가 있어. 저렇게 작은 아이한테 그런 시술을 하다니. 그 작자는 틀림없이 의사 면허증이 없는 사기꾼 일 거야. 그리고 아까 그 병원은 진료를 하지 않아. 그 동 네는 지금 재개발을 준비하는 중이어서 모두 이주했어. 로미야, 나노칩 시술이 뭔지나 알고 시술을 받으려고 했 니? 주사 몇 방으로 단번에 끝나는 시술이 아니란 말이야. 시술 장비도 없이 주사라니. 이런, 좀 더 서둘렀어야지!"

로미 아빠는 차분했으나 노여움을 띤 눈빛으로 백미러를 통해 로미를 바라보았다. 로미 아빠가 중얼거리듯 말했다.

"로미야……. 널 어떻게 하면 좋겠니?"

로미가 또다시 고개를 떨구었다. 로미 아빠는 겁에 질려 고개를 빼고 앉아 있는 딸을 더 이상 나무라지 않았다.

"시속 120킬로미터로 달려!"

화풀이하듯 자동차 음성 인식 장치에 대고 목소리를 높였다.

어느덧 자동차가 시내 한가운데로 들어섰다. 조금만 더 달리면 대학병원이 나온다. 새벽 1시가 다 된 시간이었다. 제나는 고개를 들고 차창 밖을 내다보았다. 커다란 홀로그램 광고판 안에 들어 있는 남자의 얼굴이 눈에 들어왔다. 어제 저녁 내내 보았던 정영하 박사였다. 정 박사의 얼굴 뒤로 나선 모양의 게놈 지도가 보였다. 제나는 홀로그램 광고판에 뜬 글자를 읽었다.

현대인의 불로초, LEP. 유전자 시퀀싱은 당신의 수명을 연장할 수 있는 최선의 선택입니다.

턴아웃

강연장에서 그가 수십 번 가까이 말했던 내용의 광고 문구였다. 열변을 토하며 홍보했던 약품이 'LEP'라는 이름으로 출시된 모양이었다. 과학 기술을 빙자한 사기꾼들이 판치는 세상이었다. 저 약은 과연 인간에게 안전할까. 그림이를 보고 있으니 제나는 그 어떤 것도 믿을 수가 없었다.

이윽고 자동차가 대학병원 출입구를 향해 달렸다. 병원 출입구 앞에서 그림이 부모가 기다리고 있을 것이다. 잠에서 깨어난 그림이가 퀭한 눈으로 차창 밖을 내다보았다. 가뜩이나 마른 아이가 더욱 말라 살점이라고는 눈 씻고 찾아봐도 없을 정도였다. 제나는 그 자그마한 얼굴을 암울한 눈으로 바라보았다.

14

김형민 형사는 단장실에서 서연조 단장을 기다렸다. 서 단장은 이번 공연 후원 모임에 참석한 뒤 지금 오페라 극장으로 가는 중이라고 했다. 20분 정도 걸릴 것 같다며 미안하다고 말했다. 이미 30여 분 가까운 시간을 기다렸으나 김 형사는 더 기다리겠노라고 대답했다. 송라희의 휴대전화에 저장된 파일 때문에 또다시 이곳에 찾아왔다. 오늘은 새로운 사실을 들고 왔다.

테이블 의자에서 일어나 벽면에 붙여놓은 포스터를 보았다. 커다란 포스터에 서 단장이 발레 하는 모습이 찍혀 있다. 처음 이곳에 왔을 때부터 눈에 띄던 포스터였으나 본인 앞에서 스스럼없이 물어볼 수가 없었다. 사진 속에서 서 단장은 화려한 검은색 발레복을 입고 허공에서 두 다리를 죽 펼쳤다. 발레 마니아가 아니더라도 익히 보아온 유명한 동작이었다. 발레리나들이 단연 힘들어하는 동작 중 하나라고 들었다. 그런데도 서 단장은 정면을 향해 환하게 웃었다. 카메라를 한껏 의식한 듯 보였다. 토슈즈를 신은 발등이 둥그렇게 구부러졌고 다리뼈 마디마디에 근육이 도드라졌다. 어지간한 근력 없이는 저렇게 안정적인 동작이 나오지 못할 터였다. 가까이에서 지켜본 결과, 발레는 마른 몸으로 폴짝 뛰어오르는 춤이 아니었다. 단단한 근육의 힘으로 몸을 지탱하고 허공으로 날아오르는 춤이 바로 발레였다.

20여 분이 지난 뒤 서 단장이 문을 열며 들어왔다. 헐레벌떡 달려온 것처럼 숨을 몰아쉬며 김 형사에게 인사를 건넸다. 서 단장은 검은색 트위드 재킷에 같은 빛깔 와이드 팬츠를 입은 차림이었다. 검은색 정장 차림이어서인지 김 형사는 서 단장이 더 딱딱하게 느껴졌다.

"포스터를 보고 있었나요?"

서 단장이 트위드 재킷을 벗으며 물었다. 아무렇지 않은 듯 물었으나 얼굴에 긴장이 감돌았다. 하얀 블라우스를 입은 모습으로 서 단장이 김 형사를 향해 미소를 지었다. 웃는 모습을 보고 있자니 새삼 참 우아한 사람이라는 생각이 들었다. 김 형사가 멋쩍은 얼굴로 말했다.

"네……. 멋지군요."

서 단장이 말했다.

"오래전에 찍은 사진이에요. 네덜란드에서 귀국한 뒤 서울시립발레단에서 첫 공연을 할 때 찍은 포스터지요. 귀국한 뒤 제 첫 공연은 〈백조의 호수〉였습니다. 아무래도 백조 오데뜨보다 흑조 오딜이 더 강렬해서 오딜 복장을 하고 찍었어요. 서른여덟 살 때였죠. 아, 그때도 나이를 꽤 먹은 발레리나였군요. 그래도 그때만 해도 저도 꽤 잘나가는 발레리나였답니다."

후원 모임이 뜻대로 잘 진행된 모양이었다. 서 단장의 얼굴빛이 밝았다.

"저런 동작은 얼마나 훈련해야 나옵니까?"

김 형사의 물음에 서 단장이 살짝 웃었다.

"연습 시간은 사람마다 달라요. 절대적으로 필요한 시간이라는 건 있지요. 10년은 걸리지 않을까요? 하지만 저는 언제나 제 동작에 100퍼센트 만족하지 못했어요. 수백 번의 공연을 했으나 완벽하다고 느낀 순간은 서너 번이나 됐을까요. 언제나 갈증을 냈죠."

"완벽주의자셨군요."

서 단장이 미간을 좁히며 고개를 저었다.

"아니요. 그런 게 아니라 예술이기 때문일 거예요. 예술에 완벽이라는 경지는 없죠. 뭐랄까, 완벽한 경지라는 건 잡히지 않는 신기루와 같다고 할까요. 그 완벽을 향해 가는 여정이 예술인 것 같습니다."

김 형사는 잠자코 고개를 끄덕였다. 역시 서 단장은 대단한 사람이었다. 그토록 많은 갈채와 스포트라이트를 받았으면서도 자신은 늘 부족했다고 말한다. 그녀가 겸손해서가 아니었다. 완벽한 예술을 향한 갈망이 그녀를 얼마나 채찍질했을지 짐작하고도 남았다.

서 단장이 김 형사를 빤히 보며 물었다.

"그런데 오늘은 또 어쩐 일로 오셨나요? 이야기는 모두 다 한 것 같은데요?"

서 단장은 일찌감치 방어선을 그었다. 김 형사는 역시 여우 같은 여자라는 생각을 했다. 조금 뒤 김 형사가 입을 열었다.

"송라희 씨 휴대전화에 저장된 파일을 계속 조사하고 있습니다."

서 단장이 정색을 했다.

"파일이라면 그때 이미 다 말씀드린 걸로 알고 있어요. 저는 더 이상 드릴 말씀이 없습니다."

김 형사가 느긋한 얼굴로 서 단장을 바라보았다.

"이번에는 좀 다른 게 발견됐습니다."

서 단장이 허리를 꼿꼿이 세웠다. 김 형사는 비로소 오늘 이곳을 찾아온 용건에 대해 설명했다.

"저희 쪽에서 며칠 전에 송라희 씨 휴대전화에 저장된 파일의 출처를 알아냈습니다."

"출처라니요?"

서 단장의 얼굴이 눈에 띄게 굳어졌다. 김 형사는 그 모습을 살피며 다시금 말했다.

"그 파일의 출처는 단장님 컴퓨터였습니다. 때문에 바쁘신 줄 알지만 송구하게도 또 이렇게 찾아뵙게 됐습니다."

서연조는 침묵했다. 방금 전까지 보였던 들뜬 모습은 사라지고 긴장한 낯빛을 했다. 김 형사가 말했다.

"수사과에서 아직 검사 기록을 해독하지는 않았습니다. 본인의 동의를 얻어야 할 테니까요. 저희도 함부로 개인의 정보를 읽지는 않습니다. 단, 혐의가 의심되면 영장을 청구해서 본격적으로 수사에 들어갑니다. 그 전에 송라희 씨 휴대전화에 왜 제나 양의 메디컬테스트 기록 파일이 저장돼 있는지, 그 출처가 왜 단장님의 컴퓨터인지 궁금해서 찾아왔습니다. 그리고 송라희 씨와 제나 양의 관계에 대해서도 몇 가지 더 의문 사항이 있습니다. 이것들에 대해 제게 해주실 말씀이 있으신지요?"

서연조는 짧게 한숨을 내쉬었다. 원래의 그 엄격한 모습으로 돌아와 말했다.

"김형민 형사님, 저는 그 파일에 대해 하나도 모릅니다. 라희가 왜 제나의 메디컬테스트 기록을 자기 휴대전화에 저장했는지, 제가 어떻게 알겠습니까? 그리고 제 컴퓨터에서 파일을 다운로드했다는 사실조차 저는 몰랐습니다."

김 형사는 서 단장을 뚫어지게 볼 뿐 말을 아꼈다. 서 단장이 확신에 찬 얼굴로 말했다.

"제가 알고 있는 사실은 한 가지뿐입니다. 라희가 제나를 지독하게 질투했다는 사실입니다."

그러고 나서 서 단장은 예의 그 포스터로 고개를 돌렸다.

"조금 전에 우리가 저 포스터에 대해 이야기를 나눴죠?"

"네……."

"저 동작은 그랑 바트망 주테라는 동작이에요. 아까 말씀드렸듯이 10년 차 발레리나들도 힘들어하는 동작이죠. 물론 제대로 아름다운 동작을 보여주려면 말입니다. 제가 본 발레리나들 중에 저 동작을 가장 잘하는 발레리나가 누군지 아세요?"

느닷없는 물음에 김 형사는 말을 얼버무렸다.

"글쎄요……. 제가 발레리나들을 잘 몰라서 말입니다……."

"김 형사님도 잘 알고 있는 발레리나예요. 유제나입니다."

"아, 그렇군요."

서 단장이 도도한 얼굴로 이어 말했다.

"제나는 정말로 잘했어요. 슈퍼스타 발레리노들보다 더 힘차게 점프할 수 있고, 허공에 머무는 시간 또한 다른 발레리나들보다 깁니다. 그녀의 그랑 바트망은 정말이지 중력이 약한 달에서 추는 동작 같았어요. 발끝과 발끝으로 이어지는 수평선을 허공에서 그토록 아름답게 그려내는 발레리나를 저는 본 적이 없었거든요. 한마디로 완벽하죠."

김 형사는 지금 서 단장이 무슨 이야기를 하려는 건지 가늠할 수가 없었다. 유제나의 재능을 칭찬하려는 의도 같지는 않았다. 더구나 발레 문외한한테 발레 기술을 가르치려는 것도 아닐 터였다.

서 단장은 개의치 않고 이야기를 이어갔다.

"하긴 나노칩 시술로 몸을 개량한 발레리나들은 빼어나게 춤을 춘다고 합니다. 하지만 저는 그들이 발레를 한

턴아웃

다고 생각하지 않아요. 예술에 반하는 무리들이지요. 제
나가 뛰어난 발레리나인 건 틀림없어요. 그러니 얼마나
많은 발레리나들한테 시기를 받았겠습니까? 게다가 그
유명한 신수연의 딸이라는 배경까지 등에 업고 있으니까
요. 라희는 질투가 많은 사람이었습니다. 제나를 지독하
게 시기했어요."

그제야 서 단장이 의도를 드러냈다.

"말씀드렸듯이, 그 파일을 라희가 어떻게 제 사무실에
서 빼갔는지 저는 잘 모릅니다. 하지만 듣고 보니 그녀의
시기 어린 음모라는 생각이 드는군요. 제나와 저를 자신
과 관련지으려고 애쓴 것 같아요. 이것밖에 저는 달리 드
릴 말이 없습니다."

김 형사는 천천히 고개를 끄덕였다. 하지만 송라희의
휴대전화에 저장된 파일에 대한 의문이 해소된 것은 아니
었다. 카리스마 넘치는 저 여자는 생각보다 교활했다. 직
설 화법보다 빙빙 돌려 정곡을 찌르는 화법을 잘도 구사
했다. 하지만 뭔가 속이고 있는 게 틀림없었다. 인사를 하
며 단장실 밖으로 나오면서 또다시 그런 생각이 들었다.

김 형사는 유제나를 한 번 더 만날까, 고민하다 그대로
오페라 극장을 걸어 나왔다.

15

창밖 가을빛이 한창인 산을 바라보며 연조는 날짜를 가늠했다. 공연이 두 달 보름 남았다. 서울시립발레단 창립 100주년 기념 공연인지라 그 어느 때보다 신경을 곤두세웠다. 국내외 예술 전문 잡지는 말할 것도 없고 신문 문화부 기자들이 벌떼처럼 달려들 것이다. 최고의 무대를 보여줘야 한다. 단원들이 치열하게 연습에 몰두하고 있는 걸 알면서도 연조는 긴장이 됐다. 엎친 데 덮친 격이라니. 자꾸만 찾아오는 김 형사 때문에 연조는 더욱 초조했다. 김 형사는 송라희의 죽음에 계속 제나를 연관시키고 있었다.

'망할 년! 죽어서까지 날 엿 먹이는군!'

턴아웃

생각할수록 연조는 기가 막혔다. 안 그래도 이번 메디컬테스트 결과 때문에 마음이 편치 않았다.

단원 중에 또 한 명의 나노칩 시술자가 나왔다. 정말이지 어이가 없는 일이었다. 세계적인 공연을 앞두고 더 이상 추문이 번져 나가서는 안 된다. 수석 무용수 송라희가 나노칩 시술을 받은 발레리나였다는 사실 때문에 큰 오점을 남겼다. 세계 최고를 자랑하는 서울시립발레단은 오로지 인간의 노력만으로 공연하는 몇 안 되는 발레단이었기 때문이다.

연조는 짧게 한숨을 내쉬며 유독 발갛게 물든 단풍나무잎에 눈길을 두었다. 자기도 모르게 주먹을 꼭 쥐었다. 나뭇잎을 바라보는 그녀의 눈빛이 불안하게 흔들렸다.

노크 소리가 들렸다. 연조는 뒤돌아서며 특유의 중저음으로 말했다.

"들어와요."

문이 열리고 검정색 레오타드에 긴 흰색 튀튀를 입은 발레리나가 단장실 안으로 들어왔다. 솔리스트 니키 안이었다. 연습하던 중이었는지 그녀에게서 땀 냄새가 끼쳐들었다. 니키는 주눅 든 눈빛으로 서 단장을 바라보았다.

"자리에 앉아요."

연조가 차가운 얼굴로 말했다. 니키는 여전히 주눅 든

표정을 지으며 테이블 앞 의자에 앉았다. 연조는 말없이 그녀의 얼굴을 살폈다. 동양인이었으나 미국에서 태어나고 자란 탓인지 얼굴과 몸이 이국적인 아가씨였다. 올해 스물일곱 살 먹은 니키 안은 뉴욕시립발레단에서 활동하던 발레리나였다. 그녀를 작년 봄에 이곳으로 스카우트했다. 그녀를 스카우트하는 데 연조의 입김이 셌다. 연조는 니키의 공연을 직접 본 적은 없었다. 그녀가 SNS에 올린 공연 동영상만 보고 감이 왔다. 니키는 발전 가능성이 무한한 무용수였다. 미국 발레단에서 10년 가까이 군무만 추고 있을 발레리나가 아니었다.

그런데 그녀가 사고를 쳤다. 정영하 박사가 운영하는 바이오테크에서 그녀가 나노칩 시술을 받았다는 통지를 메일로 보냈다. 지난번에 발레단 단원들의 메디컬테스트가 있었다. 단원 모두 무사히 통과할 줄 알았는데 또다시 사건이 터졌다. 그녀는 죽은 송라희에 이어 두 번째 시술자였다.

"언제 시술한 거죠?"

연조가 단도직입적으로 물었다. 올가미에 걸린 생쥐처럼 니키는 더욱 옴짝달싹하지 못했다.

"작년이었어요……."

연조가 목소리를 높이며 물었다.

턴아웃

"그렇다면 작년에 입단할 땐 왜 스캔에 걸리지 않았죠?"

니키가 머뭇거리다 겨우 말했다.

"입단하고 나서 첫 휴가 기간 동안 미국에 가서 시술을 받았어요."

연조는 입술을 실룩거렸다. 노여움이 밴 목소리로 물었다.

"니키 씨, 서울시립발레단이 나노칩 시술을 금지하는 발레단이라는 사실을 몰랐나요?"

니키는 고개를 숙였다. 연조가 또다시 물었다.

"고개 들고 대답해보세요. 이런 일이 또 일어나니까 황당해서 그래요. 정말로 단원들이 몰라서 이런 실수를 하는 게 아닌가 싶어서요. 정말 몰랐나요?"

"아니요……. 알고 있었어요. 그치만 다른 많은 나라에서는 시술을 허용해서……."

"그래서 해도 된다고 맘대로 판단한 거예요?"

연조가 버럭 소리를 질렀다. 니키는 이번에도 대답을 하지 못했다. 그런 그녀를 보며 연조가 비아냥거렸다.

"혹시 서울시립발레단이 우습게 보였나요?"

그제야 니키가 고개를 치켜들며 말했다.

"아니요, 절대 그렇지 않아요!"

"그렇지 않고서 어떻게 규칙을 어길 수가 있죠? 그렇게 마음대로 몸을 개량했으니 다시 미국으로 돌아가세요. 니키 씨가 어디로 가든 내 알 바 아니지만."

니키는 눈물을 보였다. 손등으로 눈가를 닦더니 고개를 들고 말했다.

"저는 왜 한국은 나노칩 시술을 허용하지 않는지 그 이유를 모르겠어요."

어눌했으나 똑 부러지는 말투였다. 연조는 그녀를 가만히 보기만 했다.

"나노칩 시술은 간단하게 몸을 바꾸는 거잖아요? 시술하고 며칠 뒤부터 연습을 할 수도 있어요. 저처럼 말이죠. 부상을 줄일 수 있고 더 뛰어난 공연을 보여줄 수 있는데 왜 안 된다는 거죠? 게다가 유전자를 조작한 발레리나들까지 발레를 하는 세상이잖아요."

연조가 천천히 입을 열었다. 하지만 더 이상 예술이 지향하는 신념에 대해 떠들고 싶지 않았다.

"그러니까 이곳을 떠나라고 하잖아요. 외국 발레단, 특히 유럽 쪽은 발레리나들의 모든 시술을 허용하고 있다잖습니까? 미안하지만, 니키 씨는 오늘부터 해고입니다. 이건 내가 만든 규칙이 아니에요. 발레단 여러 간부들과 심사숙고한 끝에 나온 규칙이에요. 그 규칙을 어겼으니

턴아웃

나로서는 니키 씨를 해고할 수밖에 없어요."

잠시 무거운 침묵이 흘렀다. 그 침묵을 깨고 연조가 입을 열었다.

"그만 나가도 좋아요. 그동안 고생 많았어요."

니키는 더 이상 눈물을 보이지 않았다. 불만이 가득한 얼굴로 단장실을 나갔다.

연조는 화가 삭지 않았다. 앞으로 나노칩 시술 단원들이 더 늘어날지도 모를 일이었다. 때문에 메디컬테스트를 분기별로 시행해야 할지도 모른다. 검사할 때마다 드는 시간과 비용이 만만치 않았다. 한마디로 골치 아픈 일이었다. 연조는 발레리나들이 시술까지 감행하며 발레를 하는 이유를 도무지 이해할 수 없었다.

'뼈를 깎는 고통을 견디고 난 뒤에야 비로소 피어나는 게 예술이라고!'

연조는 작년에 영국 로열발레단에서 하는 공연을 본 적이 있었다. 국제발레협회 콘퍼런스에 참석한 뒤 시간이 나서 본 공연이었다. 영국 로열발레단은 80, 90퍼센트가 나노칩 시술이나 배아 단계에서 유전자 조작을 한 발레리나들이었다. 그런 발레리나들이 떼로 모여 공연한다면, 서커스 같은 공연이 될지도 모른다고 짐작하며 오페라 하우스로 향했다. 한 시간 정도 시간이 남아 오페라 하우스 주변을 서성였다. 오후까지 맑았던 날씨가 저녁이 되자 비가 내리기 시작했다. 아무튼 런던 날씨는 변덕이 죽 끓는 듯하다는 생각을 하며, 인공지능들이 일하는 상점에 들러 우산을 샀다. 비 내리는 어스름 녘의 런던 거리는 꽤 운치가 있었다. 수십 번의 개조를 거친 몇백 년 된 낮은 건물들과 보도블록에서 인공적인 냄새 같은 건 나지 않았다. 트렌치코트를 입은 런던 사람들 또한 수수했다. 그 모습들이 곧 보게 될 나노칩 시술자 발레리나들의 공연과 연결되지 않아 연조는 고개를 갸웃했다.

공연 시간이 되자 연조는 사람들 무리에 끼어 공연장 안으로 들어갔다. 영국 로열발레단의 공연은 생각보다 훨씬 괜찮았다. 서커스처럼 기괴한 동작으로 사람들의 눈을 현혹시킬 거라고 생각했으나 완전한 착각이었다. 남자 무용수는 더 발달한 근력으로 여자 무용수의 몸을 오래도록 들어 올렸다. 그들이 추는 파드되는 그 어떤 파드되보다 아름다웠다. 발레리나들의 동작 또한 객석을 빨아들일 만큼 빠른 속도로 아름답게 표현됐다. 그 어디에도 서커스 같은 동작은 없었다. 정통 발레의 완벽한 동작들이 작은 실수 없이, 심지어 공연 중 부상으로 무용수가 교체되는 흔한 일 하나 없이 척척 진행됐다. 공연을 보는 내내 연조는 자신의 판단을 의심했다. 공연이 끝나고

　　　　　　　　　　　　　　　　　　턴아웃

기립박수를 치는 객석의 행렬을 따라 자신도 일어나서 박수를 쳤다. 연조가 늘 꿈꿔왔던 최고의 공연이었다. 자신이 지휘하는 발레단이 저토록 잘 출 수만 있다면 정말이지 바랄 게 없었다.

밤 늦은 시간, 연조는 택시를 탔다. 한국으로 돌아가기 위해 그날 밤에 히드로 공항에서 비행기를 타야만 했다. 런던 중심가에서 한참 떨어진 거리를 택시로 달리며 연조는 어쩐지 찜찜한 기분에 사로잡혔다.

'도대체 내가 뭘 본 거지?'

방금 전 혼이 나갈 듯 빠져들었던 공연이 헛것 같았다. 무용수들이 AR기술로 흠잡을 데 없이 만들어진 아바타들 같았다. 무대 뒤에서 진짜 발레리나들이 자신의 아바타를 조종하는 것 같았다. 때문에 눈을 휘둥그레지게 만들었던 점프와 턴을 부상당할 염려 하나 없이 그토록 가뿐하게 해낼 수 있었다. 무대를 위해 그들도 죽을 만큼 연습했을 것이다. 제아무리 시술을 했어도 무대를 위해 혼신의 힘을 기울였을 것이다. 하지만 시술받지 않은 발레리나들은 그보다 더 죽을 만큼 연습해도 절대 저만큼 출 수가 없다. 뛰어넘을 수 없는 한계를 뛰어넘기 위해 발버둥 치는 게 예술이었다. 그렇게 간단하게 뛰어넘는다면 그건 예술이라고 할 수 없었다. 연조는 자신의 신념을 다

시 한번 되새기는 공연일 뿐이었다고 생각했다. 그러자
갑자기 역겨운 기분이 들었다. 그리고 다시는 나노칩 시
술자들로 득시글거리는 발레 공연을 보지 않기로 마음먹
었다.

16

니키 안을 내보내고 난 뒤 연조는 시계를 보았다. 오후
2시 10분 전이었다. 오늘부터 공연에 참여하는 단원들 면
담을 시작한다. 소율을 제일 먼저 불렀다.

2시가 되자 소율이 단장실 안으로 들어왔다. 언제 봐도
짙은 눈썹이 인상적인 아이였다. 소율은 어린 나이에도
당찬 분위기를 지닌 발레리나였다. 그 당참이 자신을 닮
은 듯하여 연조는 소율을 눈여겨보았다.

"어서 와."

연조는 다정하게 말을 건넸다. 소율은 입으로 살짝 웃
는 듯하더니 그대로 입을 다물었다. 시크함이 몸에 밴 아
이였다. 발레리나로서 그런 자질이 연조는 마음에 들었

다. 집안 형편 때문에 아르바이트를 하느라 바쁘게 지낸다고 들었다. 하지만 발레에 대한 열정으로 똘똘 뭉쳐 있는 모습이 틀림없이 크게 성공할 것이다. 소율은 재능과 근성을 모두 갖춘 발레리나였다. 열여덟 살밖에 먹지 않은 소율에게 중년의 미르타 역을 준 것도 그런 이유였다. 탄탄하게 경력을 쌓아 나가길 바랐다. 그리고 소율이 잘 해낼 거라고 확신했다.

"미르타 역을 잘하고 있다고 들었어. 처음엔 많이 힘들어했다면서?"

소율이 네, 하고 짧게 대답했다.

"미르타 역은 굉장히 큰 역할이야. 2막 초반 씬을 거의 혼자 다 하고 있으니까. 잘 알고 있지?"

"네."

"좋아. 네가 분석한 미르타에 대해 내게 설명해줄래?"

그때, 노크를 하며 기획실 팀장이 다급하게 단장실로 들어왔다.

"단장님, 니키 안 씨가 지금 탈의실에서 난동을 부리고 있나 봅니다. 어떻게 하죠?"

그 소식을 듣고도 연조는 얼굴빛이 달라지지 않았다.

"흠. 곱게 나갈 리가 없지."

조금 뒤 목소리를 높이며 말했다.

"뭘 어떻게 해요? 당장 경찰을 부르세요! 아니, 내가 한 번 내려가볼게요. 정말 가지가지 하는군!"

연조가 자리에서 일어나 밖으로 나갔다. 눈에 불을 켜고 나가는 서 단장을 보며 소율은 명망 있는 발레단 단장 자리도 쉽지 않다는 생각을 했다. 다소곳이 앉아 단장실을 살펴보았다. 제일 먼저 벽면에 걸어놓은 커다란 포스터에 눈길이 갔다. 서 단장이 그랑 바트망 포즈를 취하고 있는 사진이다. 서 단장은 오십 가까운 나이에도 발레와 함께 살고 있다. 소율이 진심으로 원하는 삶이었다. 소율은 자신의 롤 모델을 먼 곳에서 찾지 않았다. 자신의 롤 모델은 바로 서연조 단장이었다.

탁자 위에 놓인 컴퓨터에서 신호음이 울렸다. 메일이 들어온 모양이었다. 소율은 컴퓨터로 눈길을 돌렸다. 외장에 짙은 푸른빛이 감도는 노트북 컴퓨터였다. 컴퓨터 화면에서 커서가 깜박였다. 화면에 눈을 두고 있는데, 서 단장의 컴퓨터를 만지고 있던 송라희의 모습이 떠올랐다. 어떤 자료인지 알 수 없었으나 라희는 자신의 휴대전화에 파일을 다운로드하는 중이었다. 소율이 단장실에 들어갔을 때 라희는 화들짝 놀라는 얼굴을 했다. 단장실에는 라희 혼자였다. 라희는 무언가를 훔치다 들킨 사람처럼 허둥대더니 컴퓨터에서 휴대전화를 뺐다. 그러고는 아무 일 없다는 듯 뻔뻔스럽게 단장실을 나갔다.

'그게 뭘까?'

얼마 지나지 않아 소율은 라희가 다운로드한 파일의 정체를 알게 됐다. 라희 본인이 직접 건네준 휴대전화를 통해서였다. 파일 안에는 제나의 메디컬테스트 기록이 저장돼 있었다.

자신을 따로 불러낸 것도 의아했는데, 며칠 뒤 라희가 전화로 이상한 말을 건넸다.

"그 파일, 열어봤니?"

"아뇨, 아직……."

소율은 파일의 내용을 알고 있었으나 시치미를 뗐다. 생명공학 연구원인 사촌 오빠가 보낸 답신에 의하면, 제나의 메디컬테스트 기록은 정상이었다. 라희의 의도와 다른 결과에 솔직히 소율은 크게 실망했다. 제나의 메디컬테스트 기록에 뭔가 대단한 문제가 있을 줄 알았다. 어쨌든 결과가 그러니 소율은 더 이상 귀찮은 일에 말려들고 싶지 않았다.

"그래?"

라희는 의아하다는 듯 말하더니 묻지도 않은 말을 꺼냈다.

"단장님 노트북을 여는 건 쉬워. 난 단장님 곁에서 단장님의 노트북을 정리해주는 수제자였으니까. 하지만 파일 훔치는 걸 너한테 들켜버렸으니 어쩔 수가 없잖아."

소율이 무뚝뚝하게 물었다.

"근데 왜 그걸 저한테 전해준 거죠?"

라희의 웃음소리가 들렸다.

"어쩌면 너한테도 필요한 기록이 될지 몰라서. 너한테 전달해줬으니까 꼭 열어봐. 알다시피 내가 요즘 정신이 나가 있잖아. 더 이상 시끄러운 일에 말려들고 싶지 않아. 만신창이가 되고 싶진 않다고."

그러고 나서 라희는 덧붙여 말했다.

"네가 꼭 진실을 밝혀줬으면 좋겠어."

소율은 무슨 말인지 이해할 수 없었다. 파일 안에는 라희가 원하는 진실 같은 건 들어 있지 않았으니까. 처음 라희를 만나던 때가 떠올랐다. 라희는 초췌한 얼굴로 자신을 보며 자꾸만 생글거렸다. 눈 아래가 거무죽죽한 라희의 얼굴은 확실히 온전해 보이지 않았다. 자신의 말대로 정신이 나간 상태였다.

소율은 다리를 모으고 앉아 서 단장을 기다렸다. 조금 뒤 서 단장이 가쁘게 숨을 내쉬며 단장실로 들어왔다. 얼굴이 상기된 채였다. 소율은 차마 니키 안에 대해 물어볼 수가 없어 눈을 내리떴다.

"어디까지 얘기했더라……. 아, 미르타를 어떻게 분석했는지 물었구나."

서 단장은 가쁘게 숨을 내쉬면서도 잊지 않고 같은 질문을 했다. 니키 안에 대해서는 한 마디도 꺼내지 않았다. 서 단장은 언제나 함부로 감정을 드러내지 않았다. 맺고 끊는 것이 확실하고 쓸데없는 일에 신경 쓰지 않아 주위에서 차갑다는 평가를 했다. 소율은 그런 서 단장을 닮고 싶었다. 사사로운 감정에 휘둘리지 않고 발레만 바라보며 살 생각이었다. 안 그래도 아르바이트하느라 아깝게 버리는 시간이 너무 많았다.

조금 뒤 소율이 대답했다. 미르타에 대해 오래 고민했던 터라 대답하기 어렵지 않았다.

"미르타는 무서운 처녀 귀신들의 여왕이에요. 그래서 보통은 근엄하게 표현하죠. 하지만 저는 좀 다르게 표현하려고 했어요."

"어떻게?"

단장이 흥미를 보였다.

"그러니까 무섭고 근엄할 뿐만 아니라 자상하고 섬세한 면도 부각하고 싶었어요. 미르타 역시 남자에게 배신당해 죽은 처녀 귀신이었을 거예요. 그러니까 배신에 대해 아는 만큼 사랑에 대해서도 알고 있지 않을까요? 그래서 지젤이 알브레히트를 살려달라고 애원할 때, 뭐랄까 좀 더 고뇌하는 귀신들의 여왕으로 표현하고 싶었습니다."

서 단장이 눈빛을 빛내며 미소를 띠었다.

"오, 그것 참 재미있는 분석이네! 괜찮은걸. 네 생각이니, 아니면 윤 선생 의견이니?"

"제가 낸 의견과 동작을 안무가 선생님께서 많이 보완해주셨어요."

"오호, 그래서 미르타가 그렇게 빛이 났구나. 많은 고민 끝에 나온 동작이었을 테니까."

소율은 입으로 살짝 웃고 말았다. 서 단장이 소율을 바라보았다. 잠시 동안의 침묵 뒤 가라앉은 목소리로 말을 건넸다.

"소율아, 난 네가 제나를 뛰어넘으면 좋겠어."

소율은 무슨 말인지 와닿지 않아서 단장을 빤히 보았다. 서 단장도 흔들림 없는 눈빛으로 소율을 바라보았다. 조금 뒤 서 단장이 특유의 매력적인 낮은 목소리로 말했다.

"네가 제나를 뛰어넘는다면 발레 역사에 한 획을 긋는 발레리나가 나올 거라 믿어. 그리고…… 방금 전 내가 한 말은 진심이야. 정말 그럴 수 있으면 좋겠어."

소율은 가슴이 두근거렸다. 발레 역사에 한 획을 긋는

발레리나라니. 발레를 시작하며 많은 칭찬을 들은 소율이었다. 하지만 이렇게 가슴을 떨리게 만드는 칭찬은 들어본 적이 없었다. 그 안에 칭찬만 들어 있는 게 아니었다. 그동안 서 단장은 자신의 마음을 꿰뚫어 보고 있었는지도 모른다. 또 밤늦도록 혼자 연습실에 남아 있는 자신을 지켜보며, 제나와 제대로 경쟁했으면 했을 것이다. 소율은 용기가 났다. 제나를 영원히 이길 수 없다고 체념했는데 다시 할 수 있을 것 같았다.

'맞아. 제나의 메디컬테스트를 훔쳐보는 게 무슨 의미가 있겠어.'

송라희는 한마디로 미친 여자였다. 하마터면 그런 여자한테 휘둘릴 뻔했다. 소율은 이제 제나에게 신경 쓰지 않기로 마음먹었다. 자신의 가능성을 믿고 있는 서연조 단장의 말에 확신을 얻었기 때문이다. 서 단장의 눈을 마주 보며 소율은 참으로 그녀다운 채찍질이라는 생각을 했다.

17

제나는 꿈을 꾸고 있었다. 〈지젤〉 공연을 마치고 커튼
콜을 하는 중이었다. 허공에서 꽃잎들이 떨어져 내렸다.
하얀 꽃잎들은 살아 움직이는 물체처럼 하나같이 빛을
냈다. 객석에 앉아 있던 사람들이 기립하며 환호성을 질
렀다. 공연장이 터질 듯한 환호를 만끽하며 제나는 고개
들고 천장을 올려다보았다. 무대 한가운데 동그랗게 뚫
린 천장에서 꽃잎들이 떨어지고 있었다.

제나는 양팔을 벌려 떨어지는 꽃잎들을 손으로 받았
다. 가까이에서 보니 반짝이는 물체는 꽃잎이 아니었다.
그건 별이었다. 빛나는 작은 별들을 양손에 한 움큼 쥐고
다시금 천장을 올려다보았다. 밤하늘에는 몇십 년 만에

한 번 올까 말까 한 유성 쇼가 벌어졌다. 밤하늘에서 수많은 별들이 우수수 떨어져 내렸다.

아……. 그 황홀한 광경을 홀린 듯 쳐다보다 제나는 잠에서 깨어났다. 침대에서 일어나 주위를 둘러보니 자신의 방 안이었다. 블라인드 틈새로 아침 햇살이 스며들었다. 제나는 손바닥을 내려다보았다. 맨손이었으나 별들을 움켜쥐고 있던 감각이 손끝에 그대로 남았다.

"비비안, 꿈을 꿨어. 무대 위로 별들이 쏟아져 내리는 꿈이었어. 처음엔 꽃잎이 떨어지는 줄 알았어. 하지만 그건 별들이었어. 내가 손으로 별들을 이렇게 꼭 움켜쥐고 있었다니까. 너무나 멋진 장면이었어. 도대체 이게 무슨 꿈일까?"

인공지능 비비안의 눈에 파란 불이 들어왔다. 비비안이 들뜬 목소리로 꿈풀이를 했다.

"오, 대단히 좋은 꿈이군요! 밤하늘에서 떨어지는 별을 손에 움켜쥐었다니, 굉장한 행운을 상징합니다."

제나가 말했다.

"별이 손에 닿는 순간 찌릿했어. 마치 전기에 감전된 것처럼 말이야. 하지만 그 찌릿함은 아프거나 기분을 나쁘게 만들지는 않았어. 손바닥을 부드럽게 간지럽히는 것 같았지. 별들은 내 손 안에서 금세 잠잠해졌어."

턴아웃

비비안의 파란 불빛이 스포트라이트처럼 제나의 얼굴을 환하게 비췄다. 비비안이 확신에 찬 어투로 말했다.

"틀림없이 소원을 성취하는 꿈이에요. 제나 님이 원하는 걸 이루게 될 꿈이지요. 이번 〈지젤〉 공연에서 큰 성과를 거둘 것 같군요. 제나 님이 주역을 맡았으니 당연한 결과겠지요."

제나는 파란 불빛을 받으며 미소를 지었다. 좋은 꿈을 꾼 건 분명했다. 이토록 기분이 날아갈 듯 가벼웠으니까. 하지만 소원을 성취하는 꿈이라니. 그 말에는 의아한 기분이 들었다. 제나는 자신의 소원이 무엇인지조차 헷갈렸기 때문이다. 발레리나는 자신의 의지가 반영된 직업이 아니었다. 때문에 지금껏 미치도록 하고 싶다는 생각을 한 번도 해본 적이 없었다. 로미처럼 발레에 푹 빠져 있다면 얼마나 행복할까. 그 기분을 알지 못하지만, 틀림없이 기쁨으로 가슴이 가득 채워질 것이다. 발레를 하면서 제나의 가슴에는 그런 충만감이 깃든 순간이 없었다. 엄마가 제시한 지도를 따라 큰 어려움 없이 해내고 있을 뿐이었다. 도대체 내가 누구를 위해 발레를 하고 있는 거지? 그런 생각이 들 때면, 온몸에서 힘이 쏙 빠져나가버렸다.

제나는 자리에서 일어나 연습실로 갈 채비를 서둘렀다. 〈지젤〉 공연이 한 달 남짓 남았다. 공연이 가까워지자

느슨하게만 느껴지던 연습에 좀 더 몰두했다. 마지막까지 최선을 다한 무대를 올려야겠다고 새삼 자신을 다그쳤다. 공연은 공짜로 보여주는 봉사 무대가 아니었다. 수많은 사람들이 적지 않은 돈을 내며 공연을 보러 온다.

오전 8시 30분. 단원들이 〈지젤〉을 연습하기 시작했다. 제나가 1막 축제 씬을 추고 나서 한쪽으로 물러나자, 마을 청년으로 분한 발레리노가 춤을 추기 시작했다. 발레리노는 축제 분위기를 한껏 살린 발랄한 동작을 선보였다. 점프 턴…… 점프 턴 턴…… 그리고 또다시 높이 뛰어오르며 공중에서 수차례 회전을 시도했다. 하지만 마지막으로 높이 뛰어오르며 착지할 때였다. 쿵. 발레리노가 바닥으로 나동그라졌다.

그는 자리에서 일어나지 못했다. 골반을 다쳤는지 하체를 움직이지 못했다.

안무가 윤 선생이 얼굴을 찡그리며 그 곁으로 달려갔다.

"괜찮니?"

발레리노는 얼굴을 잔뜩 찌푸리기만 할 뿐이었다. 윤 선생을 올려다보는 눈빛이 암담하기만 했다.

"안 되겠다. 병원에 가야겠어."

옆에 서 있던 발레리노들이 그를 부축해 연습실을 나갔다. 윤 선생이 잔뜩 화가 나서 말했다.

"점프할 때 바닥을 지배했어야지. 착지가 계속 불안했어. 몸보다 마음이 먼저 나갔단 말이야. 자, 10분 쉬었다 가자. 모두들 정신 차리라고!"

그사이 로미가 제나 곁으로 다가오더니 침울하게 말했다.

"저 오빠, 어쩌면 골반뼈가 으스러졌을지도 몰라. 몸이 떨어지는 순간을 내가 지켜봤거든. 골반이 먼저 바닥으로 떨어졌어. 공연 못 하게 되면 어떻게 하니? 몇 달을 매달렸는데……."

로미는 양팔로 어깨를 꼭 끌어안으며 몸을 떨었다. 그러고 나서 조금 뒤에 다시 말을 꺼냈다.

"해외 공연까지 다 마치면, 난 역시 영국으로 갈까 봐. 저렇게 다치는 거 남의 일이 아니잖아."

제나는 눈살을 찌푸렸다.

"나노칩 시술도 만만치 않을 거야."

"그래도 발레를 계속하려면 방법이 없잖아."

"네가 원한다면 말리지 않을게. 하지만 다음번에는 정말 제대로 알아보고 시술받았으면 좋겠어. 발레를 잘하려다 몸이 망가져버릴 수도 있으니까."

"우리 발레리나들은 어차피 몸이 망가질 수밖에 없어."

로미는 말하고 나서 제나를 뚫어지게 살폈다.

"근데 넌 어떻게 그렇게 잘하면서 다치지도 않냐? 역시 타고난 발레리나는 다른가 봐."

로미가 씩 웃으며 다시 말했다.

"그렇다고 네가 다치길 바라는 건 절대 아니다. 소율이 쟤처럼 난 널 시기하지 않아. 그냥 부럽다는 뜻이야. 내 맘 알지?"

로미는 한쪽에서 몸을 풀고 있는 소율을 곁눈질하다 제나에게 속삭였다.

"쟤, 완전 독종이야. 연습 끝나고 매일 혼자 새벽까지 연습하다가 집으로 돌아간대. 실력이 많이 늘긴 늘었더라. 근데 저런 애는 딱 질색이야. 민폐잖아. 공연 때 얼마나 잘하는지 두고 볼 거야."

제나는 눈살을 찌푸리며 로미한테서 눈을 돌렸다. 바에 손을 짚고 서서 몸을 풀고 있는 소율을 바라보았다. 공연을 얼마 남겨두지 않고 소율은 점점 더 야위어갔다. 얼마나 열심히 연습하는지 짐작하고도 남았다. 다행히 눈에 띄게 실력이 늘고 있었다. 로미는 그걸 두고 악담을 내뱉었으나 제나의 생각은 달랐다. 소율은 요즘 공연 연습에 완전히 몰두하는 것처럼 보였다. 그 모습을 지켜보며 제나는 잠깐씩 나태해지려는 자신을 채찍질했다. 소율이야말로 자신과 선의의 경쟁을 할 수 있는 발레리나였다.

턴아웃

18

저녁 식사를 하고 나서 제나와 로미는 밖으로 나왔다. 발레복 위에 발목까지 덮는 점퍼를 입은 채였다. 풍성한 카키색 패딩 점퍼를 입은 탓에 두 아이의 얼굴이 손바닥 만큼 작아 보였다. 오페라 극장 주위를 산책할 때였다. 형사 둘이 오페라 극장 건물에서 나오는 모습이 보였다. 김 형민이라는 형사를 몇 번이나 봤다. 제나는 김 형사가 왜 그토록 송라희의 휴대전화에 저장된 자신의 메디컬테스트 기록에 집착하는지 알 수가 없었다. 아무리 봐도 검사 결과지에는 아무런 이상이 없었다. 서 단장을 통해 직접 들은 터였다.

로미의 눈이 휘둥그레졌다.

"아직도 사건이 해결되지 않았나 봐. 저 형사님, 오늘은 어쩐지 더 으스스한걸……."

제나도 형사 둘을 걱정이 가득한 눈으로 뚫어지게 보았다. 무슨 일일까……. 로미의 말대로 오늘 그들의 얼굴은 여느 때보다 굳어 있었다.

로미가 떨리는 목소리로 말했다.

"혹시 라희 선배, 자살한 게 아니라 살해당한 거 아닐까?"

"설마."

"아니면, 형사들이 왜 자꾸 단장님을 만나러 오는 건데?"

"그래도 그럴 리가 없어."

"하긴 라희 선배가 알코올 중독자긴 해도 살해당할 만큼 나쁜 짓을 저지른 것 같지는 않지? 물론 너한테는 아주 나쁜 년이었지만."

제나는 4층 단장실이 보이는 곳으로 눈길을 돌렸다. 지난번 면담에서 서 단장이 제나에게 물었다.

"제나야, 김형민 형사가 널 찾아왔다고 들었어. 형사님을 만났니?"

제나는 서 단장이 무슨 말을 꺼내려고 하는지 금세 알아챘다.

턴아웃

"네, 지난번에 절 찾아와서 이상한 말을 했어요."

서 단장은 잠자코 제나의 다음 말을 기다렸다.

"라희 선배 휴대전화에 제 메디컬테스트 기록이 저장돼 있다고 하시면서, 파일을 열어볼 수 있게 동의해달라고 부탁했어요."

서 단장이 눈썹을 꿈틀거렸다.

"그래서 넌 뭐라고 말했니?"

"동의할 수 없다고 말했어요. 그 파일은 발레단에 보관돼 있어서 제가 어떻게 할 수가 없다고 했죠."

서 단장의 눈빛에 안도의 빛이 스며들었다. 서 단장은 제나에게 당부하듯 말했다.

"제나야, 라희가 무슨 마음을 먹고 네 파일을 유출시켰는지 모르지만, 분명히 좋은 의도는 아니었을 거야. 어쩌면 가짜 파일을 내보내서 널 위험에 빠뜨리려고 했을지도 몰라. 그러니까 그 형사한테 동의하면 절대 안 돼. 알겠니?"

제나는 자신을 어린아이 다루듯 하는 서 단장을 물끄러미 바라보았다. 어이가 좀 없었으나 고개를 끄덕였다. 일이 많이 바쁜 듯 서 단장의 얼굴은 눈에 띄게 수척해 있었다. 조금 뒤 서 단장이 예의 그 따듯한 눈빛을 제나에게 보내며 말했다.

"근데 소율이가 널 따라잡으려고 기를 쓰고 있더라. 진짜 그렇게 되면 넌 어쩔래?"

말하고 나서 서 단장은 짧은 한숨을 내쉬었다.

"난 네가 그 애처럼 독했으면 좋겠어. 그러면 지금과는 비교도 할 수 없는 동작들이 나올 거라고 믿어. 정말로 넌 그럴 수 있어."

제나는 눈을 내리뜨고 아랫입술을 살짝 깨물었다.

'넌 그럴 수 있어.'

엄마에게 수도 없이 듣던 말이었다. 서 단장에게 또 그런 소리를 들으니 마음이 무거웠다. 서 단장뿐만이 아니었다. 아빠도 늘 그런 눈으로 자신을 바라봤다. 왜 다들 그런 눈으로 자신을 판단하는지 알 수가 없었다. 제나 자신이라고 실수하지 말라는 법이 없었다. 어느 날 슬럼프에 빠져 실력이 바닥으로 툭 떨어질 때도 있을 것이다. 그런데 언제나 잘할 수 있을 거라니. 그 말이 상대의 가슴을 얼마나 짓누르는지 정말 모르고 하는 소리일까.

서 단장이 제나를 지그시 바라보았다.

"제나야, 너한테 부담을 주려고 하는 소리가 아니야."

제나의 마음을 눈치챈 것이다. 제나가 고개를 들고 서 단장을 마주 보았다. 서 단장의 눈 속 가득히 다정함이 배어들었다.

턴아웃

"너를 내내 지켜보고 있어서 그래. 너의 역량을 누구보다 잘 알고 있어서. 물론 네 엄마 빼고 말이야. 아줌마 말 이해하고 있지?"

그제야 제나가 빙긋 웃었다. 아줌마라는 말이 제나의 마음을 금세 편안하게 만들었다. 제나와 단둘이 있을 때 서 단장은 자신의 호칭을 아줌마라고 했다. 그럴 때마다 제나는 가슴이 뜨거워지는 걸 느꼈다. 좀처럼 엄마에게 느끼지 못했던 따뜻함을 서 단장에게서 느꼈다. 제나는 그녀의 이런 방식의 다그침이 좋았다. 결국 더 지독하게 연습하라는 잔소리에 불과했으나, 서 단장의 다그침은 확실히 제나를 연습에 몰두하게 만들었다.

10분 뒤면 달콤한 휴식 시간이 끝나고 다시 저녁 연습을 시작해야 한다.

소율은 휴대전화 문자를 확인하고 있었다. 생명공학 연구원인 사촌 오빠에게서 온 문자였다.

– 소율아, 이 메디컬테스트 결과지 누구 거냐?

갑작스러운 물음에 소율은 가슴이 뜨끔했다. 제나의 메디컬테스트는 정상이라고 해놓고 갑자기 왜 이름을 묻는 걸까. 잠깐 고민한 뒤 소율이 답장을 보냈다.

　　– 같이 발레 하는 단원이야. 친구.

대충 얼버무렸더니 사촌 오빠가 다시 문자를 보냈다.

　　– 너, 설마 그 사람 동의도 없이 내게 이걸 보낸 건 아니지?

소율은 얼굴이 화끈거렸으나 아무렇지 않은 듯 문자를
보냈다.

　　– 당연하지. 그 친구가 궁금해서 오빠한테 분석해달라
　　　고 부탁했어. 왜 그러는데? 지난번에는 특별한 게 없
　　　다고 말했잖아?
　　– 음……. 오빠가 요즘 바쁜 일이 다 끝나서 유전자 검사
　　　지를 다시 찬찬히 봤거든. 근데 유전자 분석이 좀 희한
　　　하게 나왔어. 지난번엔 내가 계산을 잘못했어. 워낙 바
　　　빴거든.
　　– 진짜? 어떻게 다른데?
　　– 문자로 보내기 곤란해. 요즘 유전자 검사 결과를 회사
　　　나 학교에 가짜로 제출해서 사회 물의를 빚고 있잖아.

그리고 타인의 유전자 검사 결과를 함부로 분석하는 것
도 법적으로 문제가 되고 있어. 그러니까 그 발레리나
친구한테 담에 만나서 이야기해준다고 전해줘. 이참에
친구랑 연구소에 한번 놀러 와라.

소율이 재빨리 문자를 보냈다.

– 오빠! 그 친구가 진짜 궁금해서 그러는데 나한테 먼
  저 알려주면 안 될까?
– 너한테 알려주는 건 좀 그런데…….
– 오빠……. 이렇게 부탁할게…….
– 그럼, 하는 수 없군.

소율이 입술을 뾰로통하게 내밀었다. 사촌 오빠가 잠
시 뜸을 들이더니 문자를 보냈다.

– 좋아. 좀 있다 정리해서 보내줄게. 너와 그 친구 외엔
  절대 보여줘선 안 된다. 잘못하다가 이 오빠 연구소 인
  턴 연구원에서 잘려. 아니, 감방에 갈지도 몰라.
– 그런 일은 절대 없을 거야! 걱정 노노!

그제야 소율이 살짝 웃음을 띠었다. 그러면 그렇지. 죽은 송라희가 굳이 자신에게 제나의 메디컬테스트 파일을 건네준 데는 이유가 있었을 것이다. 지난번에 특별한 게 없다는 사촌 오빠의 말에 소율은 몹시 실망했다.

'도대체 제나의 메디컬테스트 기록에 어떤 문제가 있는 걸까?'

소율은 연습실 주위를 둘러보았다. 제나가 보이지 않았다. 만약에 제나의 메디컬테스트 검사에 문제가 있다면, 아니, 제나가 나노칩 시술이라도 했다면, 제나는 어떻게 되는 걸까.

밖으로 나갔던 단원들이 하나둘 연습실 안으로 들어왔다. 제나의 모습은 보이지 않았다. 태연하게 로미와 오페라 극장 광장을 거닐고 있겠지. 소율은 입가에 조소를 띠었다. 그저 앞만 보고 달릴 생각이었다. 제나를 의식하지 않고 자기 몫만 열심히 할 생각이었다. 하지만 제나가 나노칩 시술을 한 발레리나라면 상황은 달라진다. 순식간에 자신이 세계 최고 자리를 차지할 수 있다. 그런 생각이 들자 소율의 얼굴이 발갛게 달아올랐다. 심장이 세차게 뛰며 숨이 가빠졌다. 소율은 뒤돌아서서 생수를 한 모금 마셨다. 그래도 심장의 요동은 쉽게 가라앉지 않았다.

턴아웃

19

비디오콜에서 울려 퍼지는 소리 때문에 제나는 잠에서
깼다. 거실로 나와 비디오콜을 켜자 수연의 얼굴이 떴다.

"제나야, 엄마 지금 장례식장에 와 있어. 친척분이 어
젯밤에 돌아가셨단다. 사고였대. 엄마도 한 시간 전에 전
화를 받았어. 연습에 늦지 않게 빨리 챙기고 나가렴."

검은색 재킷 정장 차림을 한 수연이 말했다. 수연은 울
었는지 눈두덩이 부어 있었다. 제나는 알겠다고 말하고
나서 비디오콜을 껐다.

비디오콜 신호 때문에 평소보다 30분이나 일찍 깨어났
다. 부스스한 얼굴로 제나는 욕실을 향해 걸어갔다. 거실
한쪽에서 인공지능 제제가 중얼거리는 소리가 들렸다.

제제는 충전이 필요하다며 중얼거렸다.

"제제, 넌 지금 충전대에서 충전 중인 거 아니니?"

하지만 비비안과 달리 수연의 생체만 인식할 수 있는 제제는 아무런 대꾸를 하지 않았다.

"충전대가 고장났구나. 그렇지, 제제?"

제제는 묵묵부답이었다. 제나가 다시 욕실로 걸어갈 때였다. 또다시 제제가 웅얼거리며 말하는 소리가 들렸다. 충전이 약한 탓인지 아주 느린 소리를 냈다.

"유전자 조작에 대한…… 현재 우리나라의 법적 제재는 벌금형입니다……. 불과 10년 전만 하더라도 2~3년 징역형을…… 받았습니다. 오래전…… 남미의 한 과학자가 유전자 조작 시술로 괴물을 탄생시킨 역사가 있었습니다. 그 당시에는 유전자 조작…… 시술을 하다 걸리면…… 무기징역을 받았습니다. 하지만 오랜 시간이 흘러…… 흘러……."

충전이 불안정한 상태라서 그럴까. 제제가 묻지도 않는 말에 길게 대꾸하고 있었다. 아마 엄마가 제제에게 유전자 조작에 대해 물었던 모양이었다. 비비안도 가끔 그랬다. 충전이 약할 경우, 어느 순간 예전에 제나에게 했던 말을 쏟아내곤 했다. 마치 치매에 걸린 노인네처럼.

'그런데 갑자기 엄마가 왜 유전자 조작 시술에 관심을

갖는 걸까?'

욕실로 들어가며 제나는 의아한 생각이 들었다. 요즘 엄마가 유전공학에 관심을 갖는 게 좀 뜻밖이었기 때문이다. 지난번 정영하 박사 강의에도 제나를 데리고 갈 정도였으니까. 서 단장을 만나려고 참석한 줄 알았는데, 엄마는 유전공학에 진심으로 관심을 가지고 있었다.

김 형사의 얼굴이 떠올랐다. 김 형사는 송라희의 휴대전화에 들어 있는 제나의 메디컬테스트 파일을 열어보고 싶어 했다. 김 형사는 왜 그걸 열어보고 싶어 할까…….

다시금 그런 생각이 들었다. 그러자 갑자기 목덜미가 화끈거렸다. 그 안에 뭔가 중요한 비밀이 들어 있는 것 같았다. 그렇지 않고는 그 파일을 그토록 궁금해할 이유가 없었다. 이제 제나야말로 왜 송라희의 휴대전화에 자신의 메디컬테스트 기록이 저장돼 있는지 정말 궁금했다.

순간, 머릿속에서 번개와도 같은 생각이 스치고 지나갔다. 재빨리 비디오콜이 놓여진 거실 테이블 쪽으로 달려갔다. 비디오콜을 켜고 통화 기록을 찾아보았다. 역시나 얼마 전에 엄마는 정영하 박사와 두 차례 통화를 했다. 통화 재생 버튼을 눌렀다. 정영하 박사의 얼굴과 한쪽에 자그맣게 엄마의 얼굴이 나오면서 두 사람이 나눈 대화 장면이 떴다. 두 사람은 진지한 얼굴로 유전자 분석에 대한 이야기를 나누었으나, 제나는 잘 알아들을 수가 없었다. 대부분 정영하 박사가 유전자 분석에 대한 이론적인 이야기를 하고 있었기 때문이다.

제나는 통화 재생 버튼을 조금 더 뒤로 돌렸다. 조금 있으니까 서 단장과 엄마가 통화하는 장면이 나왔다. 서 단장은 뜻밖에도 잔뜩 화가 나 있었다. 제나가 한 번도 보지 못했던 싸늘한 눈빛으로 엄마를 뚫어지게 바라보았다. 그러면서도 서 단장은 어딘지 불안한 표정을 지었다. 화면 한쪽에 떠 있는 엄마의 얼굴은 공포 그 자체였다. 무슨 일 때문인지 엄마는 겁에 질린 얼굴로 서 단장에게 물었다.

"그 여자 휴대전화에 정말 제나의 유전자 분석 기록이 저장돼 있단 말이지? 그걸 가지고 그 여자가 널 협박한 거고?"

서 단장이 대답했다.

"으응. 오늘 김형민 형사가 단장실로 찾아와서 그런 이야기를 꺼냈어. 일단 나는 모르는 일이라고 잡아뗐어. 하지만 어떻게 해야 좋을지 모르겠어. 본인의 동의가 없으면 메디컬테스트 기록을 열어보지 못하게 돼 있어. 제나에게도 단단히 일렀지만 걱정돼 죽겠어."

제나는 붙박인 듯 거실에 서서 수연과 서 단장이 나누는 대화를 들었다. 심장이 요란하게 뛰었다. 제제의 가슴에 도드라진 시계 불빛을 보았다. 7시 40분. 서두르지 않으면 연습 시간에 늦을지도 모른다. 하지만 손끝 하나 움직일 수가 없었다. 이 상황이 제대로 이해되지 않았으나 상상할 수도 없는 일이 벌어지고 있는 것만은 틀림없었다. 송라희의 휴대전화와 서 단장과 엄마, 그리고 자신의 유전자 분석 기록이 연관돼 있다.

"도대체 두 사람, 나를 두고 무슨 짓을 저지른 거야!"

제나는 버럭 소리를 질렀다. 두려워서 어깨를 바르르 떨었다. 자신의 메디컬테스트 기록을 가지고 송라희가 서 단장을 협박했다니! 그건 자신의 메디컬테스트 기록에 확실히 문제가 있다는 뜻이었다. 서 단장과 엄마는 그 사실을 진작 알고 전전긍긍하고 있었다. 나노칩 시술 정도의 문제가 아니었다. 자신의 유전자와 관련된 문제였다. 그렇다면 아빠는? 아빠도 그 사실을 알고 있었을까? 어쩌면 아빠도 이 모든 사실을 알고 있는지도 모른다. 자신의 유전자에 대한 문제라면 틀림없이 아빠도 알고 있었을 것이다. 그런데 어떻게 그토록 사랑이 가득 담긴 눈으로 자신을 바라볼 수가 있을까. 아빠는 언제나 제나에게 말했다. 너를 항상 응원하고 있다고.

"아빠! 도대체 뭘 응원하는 건데요! 내 꿈이 뭐냐고 한 번이라도 물어본 적이 있었나요!"

제나는 또다시 소리쳤다. 조금 전보다 더 세차게 심장이 뛰었다. 방으로 달려가 가방을 열고 명함 한 장을 꺼내 들었다. 명함에는 김형민 형사의 이름과 함께 휴대전화 번호가 적혀 있었다. 김형민 형사라면 모든 걸 다 이야기해줄지도 모른다는 생각이 들었다. 메디컬테스트 기록을 볼 수 있도록 제나가 동의만 해준다면 다 말해줄 것이다. 거실에서 또다시 제제가 중얼거리는 소리가 들렸다. 제제는 아까보다 더 느려터진 목소리로 계속 유전자 조작에 대해 말하고 있었다. 인공지능이 내뱉는 그 소리가 마치 자신을 조롱하는 것처럼 느껴졌다.

명함을 쥔 손끝이 벌벌 떨렸다. 조금 뒤 긴 한숨을 내쉬었다. 먼저 엄마가 들어오면 모든 이야기를 듣기로 마음먹었다. 제나는 진심으로 알고 싶었다. 도대체 지금 무슨 일이 벌어지고 있는지를. 그리고 자신이 누구인지를……

턴아웃

20

연조는 단장실 창가에 서서 산을 내다보았다. 평소보다 이른 시간이었다. 팔짱을 끼며 서 있는 그녀의 눈에 나뭇가지가 앙상한 숲이 들어왔다. 그녀의 눈빛이 불안하게 흔들렸다.

어제 중구경찰서 취조실에 앉아 세 시간 가까이 질문을 받았다. 처음 보는 두 명의 형사가 수차례 질문을 했으나 어떻게 대답했는지 떠오르지 않았다. 김형민 형사의 집요한 질문에는 거의 입을 꾹 다물고 있었다. 김 형사는 연조에게 같은 질문을 끈질기게 던졌다.

"단장님, 다시 한번 묻겠습니다. 왜 송라희가 단장님을 협박했습니까? 단지 발레단에서 해고당했기 때문입니까?"

연조는 착 가라앉은 목소리로 대답했다.

"몇 번이나 말씀드렸습니다. 송라희는 자신을 해고했기 때문에 날 협박했습니다. 그리고 차세대 수석 무용수 자리를 제나가 차지할 거라 지레짐작하며 그녀를 시기하고 해코지했습니다."

김 형사는 연조 자신만큼이나 곤혹스러운 표정을 지었다. 밖에서 담배를 피우고 오더니 다시금 취조실 맞은편에 앉아 연조를 빤히 바라보았다. 얼굴빛이 조금 전과 달랐다. 카드를 쥐고 있으니 당신은 이제 옴짝달싹하지 못할걸. 피곤에 찌든 그의 얼굴은 의기양양하다 못해 비장해 보이기까지 했다. 김 형사가 입을 열었다.

"며칠 전에 저희 쪽에서 유제나 양의 유전자 검사 기록지를 분석했습니다. 그 부분에 대해 지금부터는 단장님의 설명이 꼭 필요합니다."

연조의 눈빛이 눈에 띄게 흔들렸다. 조금 뒤 연조는 목에 핏대를 세우며 따지듯 물었다.

"본인 동의도 없이 개인 정보를 파헤쳤다는 말씀인가요? 아무리 경찰이라도 그건 위법 아닌가요?"

김 형사가 연조를 물끄러미 보다 말을 꺼냈다.

"죄송하게도, 더 이상 위법이 아닙니다. 왜냐하면 제나 양이 저에게 전화를 걸어 동의 의사를 표현했기 때문입니다. 그리고 사인한 동의서를 메일로 보내줬습니다. 그래서 저희는 제나 양의 유전자 분석을 의뢰할 수 있었습니다."

연조는 하얗게 질린 얼굴을 한 채 외쳤다.

"제나가 그랬을 리가 없어요!"

"아니요. 제나 양이 동의서를 보내왔습니다. 그리고 자신에 대한 진실을 알고 싶다고 했어요. 제나 양은 지금 어머니와 사이가 몹시 좋지 않습니다. 이 사건에 대해 어머니가 계속 침묵하고 있다면서 울먹였습니다. 그리고 진실을 밝혀줄 사람이 저밖에 없다고 생각한다면서 제게 먼저 전화를 걸어왔습니다."

연조는 가쁘게 숨을 내쉬었다. 표독스러운 얼굴로 뚫어질 듯 김 형사의 눈을 바라보았다. 김 형사는 허탈한 표정을 지으며 연조에게서 고개를 돌렸다. 조금 뒤 단호한 낯빛을 한 채 말했다.

"다시 묻겠습니다. 제나 양의 유전자 분석에 대한 단장님의 의견을 듣고 싶습니다. 지금부터 말씀해주십시오."

연조는 창밖 겨울 산에서 눈을 거두었다. 어젯밤 자신을 바라보던 김 형사의 허탈한 눈빛이 가슴에 와 박혔다. 지금 자신이야말로 속이 텅 빈 것처럼 허전하기 짝이 없었다. 몸뚱어리를 두들기면 빈 깡통 속처럼 텅텅 소리가 날 것만 같았다.

8시 30분이었다. 지금쯤 단원들이 연습실에서 〈지젤〉을 연습할 터였다. 제나가 그 자리에 있을까……. 제나의 해맑은 얼굴이 떠오르자 마음이 복잡했다. 제나는 자신을 위협하는 씨앗의 근원이었으나 그 아이 또한 희생자에 불과했다. 수연을 엄마로 뒀다는 걸 빼고 그 아이에게는 아무런 잘못이 없었다. 연조는 또다시 이루 말할 수 없는 허탈감에 빠져들었다. 평생토록 쌓아놓은 거대한 탑이 한순간 와르르 무너져 내리고 있었다. 공연 무대는 말할 것도 없고 연습이 마무리되는 걸 보지 못한 채 물러서야 할지도 모른다.

눈물이 나올 것 같았으나 어금니를 물며 벽면에 걸린 포스터를 바라보았다. 공연 포스터로 사용하기 위해 흑조 오딜의 동작을 찍은 사진이었다. 그녀가 고국으로 돌아와 제2의 전성기를 누리던 시기였다. 그 시절에는 연습의 고통보다 기쁨이 훨씬 더 컸다. 하루하루가 너무나 행복해서 집으로 돌아와 혼자 많이 울었던 기억이 났다. 연조는 자신의 삶이 완벽하다고 느꼈다. 그 누구도 자신만큼 완벽할 수 없다고 자부했다.

"그래……. 잘 살아왔어. 오랜 시간 당당히 빛나는 큰 별이었지……."

연조는 포스터에서 눈길을 돌렸다. 턱을 조금 치켜든 오만한 자세를 취했다. 언제나처럼 자신감 넘치는 표정을 지으며 단장실 문을 열고 밖으로 나갔다. 오늘은 아침 시간부터 연습실을 둘러볼 생각이었다. 지금 이 상황에서도 자신이 할 수 있는 일은 온 힘을 다해 이끌어 온 발레단을 지키는 것, 단지 그것뿐이라고 생각했다.

21

연습실로 가는 길, 소율은 버스 의자 등받이에 기대앉아 차창 밖을 내다보았다. 앙상한 가지를 드러낸 가로수들 때문인지 거리가 휑한 느낌이 들었다. 겨울이 성큼 다가왔다. 곧이어 올려질 무대를 생각하면 너무나 가슴이 떨렸다. 오래전에 봤던 뉴욕시립발레단의 〈지젤〉 장면이 머릿속을 스치고 지나갔다. 그 완벽한 무대의 충격과 감동은 지금까지도 가슴속 깊이 각인되어 있었다. 소율은 그 무대의 지젤을 뛰어넘을 수만 있다면 바랄 게 없다고 생각했다.

발레스쿨 1년 차 겨울 방학을 앞둔 어느 날이었다. 정말이지 손꼽아 기다리던 무대였다. 더구나 친구와 단둘

턴아웃

이 공연을 보러 가는 건 처음인지라 무척 설레었다. 방과 후 소율은 제나와 함께 〈지젤〉을 보러 가기로 했다.

오페라 극장, 커다란 객석이 사람들로 꽉 찼다. 공연 티켓은 한 시간이 지나지 않아 솔드아웃됐다고 들었다. 모두 뉴욕시립발레단의 프리마 발레리나 조안 테일러를 보기 위해서였다.

막간 휴식 시간이 끝나고 2막이 시작되었다. 잠시 후 윌리가 된 지젤이 슬픈 얼굴로 무대에 등장했다. 소율은 창백하고 처연한 지젤의 얼굴을 홀린 듯 바라보았다. 이윽고 조안 테일러가 그 유명한 애티튜드 턴을 쳤다. 긴 팔과 다리를 구부리며 회전을 반복하는 그녀의 동작은 그동안 소율이 봤던 그 어떤 애티튜드 턴보다 훌륭했다. 그때, 옆에서 제나가 작게 탄성을 내지르는 소리가 들렸다. 제나는 감동으로 몸을 떨었다. 그 모습을 보자 소율은 감정이 복받쳐 올랐다. 갑자기 무대 위에서 발레 하는 조안 테일러의 모습에 제나의 얼굴이 겹쳐 보였다. 발레스쿨 1년 차밖에 되지 않은 학생이었으나 제나는 이미 천재 발레리나라고 불렸다. 아직 발육도 완성되지 않은 그 아이를 두고 차세대 슈퍼스타 발레리나라며 칭찬을 아끼지 않았다.

볼을 타고 눈물이 흘러내렸다. 더 이상 조안 테일러에

게 집중되지 않았다. 옆에 앉은 제나, 세계 최고가 될 발레리나 때문에 계속 눈물이 나왔다. 콩쿠르에서 소율은 단 한 번도 제나를 이긴 적이 없었다. 1등은 언제나 제나였고 자신은 2등 자리였다. 그러니 스포트라이트를 받는 건 늘 제나였다. 그때마다 소율은 누군가 쇠갈퀴로 할퀸 것처럼 가슴이 아팠다. 더 지독한 건 자신이 제나 곁에서 언제까지나 이인자로 남을 거라는 암울한 미래 때문이었다. 그러니까 저토록 아름다운 지젤은 늘 제나의 차지가 될 터였다. 그런 생각이 들자 소율은 흐느껴 울기 시작했다. 넋을 잃고 공연을 보고 있던 제나가 고개 돌려 자신을 바라보았다. 하지만 소율은 울음을 멈출 수가 없었다. 처음으로 제나가 사라져버렸으면 좋겠다는 생각이 들었다. 그러면 머지않아 자신이 세계 최고의 발레리나가 될 수 있을 테니까.

공연이 끝나고 소율은 화장실 세면대 거울 앞에 제나와 나란히 섰다. 귀엽고 말끔한 얼굴을 한 채 제나가 소율을 바라보며 왜 울었냐고 물었다. 소율은 눈을 내리뜨며 조안 테일러만큼 못할 것 같아 속상해서 울었다고 둘러댔다. 눈을 들고 보니 제나가 황당하다는 표정을 짓고 있었다. 누구라도 황당할 법한 이야기라는 걸 소율도 알고 있었다. 그러나 제나에게 속마음을 솔직하게 털어놓을

턴아웃

수 없었다. 너만큼 잘하지 못해 가슴이 아팠다고 말할 수 없었다. 너 때문에 늘 이인자로 머무는 게 미칠 정도로 화가 났다고 말할 수 없었다. 소율은 복받쳐 오르는 감정을 누르기 위해 있는 힘껏 어금니를 깨물었다.

그리고 마침내 자신을 내내 괴롭혔던 일이 현실로 드러났다. 서울시립발레단 100주년 기념 공연에서 지젤은 제나였다. 그리고 자신은 미르타가 되었다. 하지만 이제 어림도 없는 소리였다. 소율은 그렇게 되지 못하게 만들 작정이었다.

오페라 극장으로 출근하는 버스 안에서 소율은 휴대전화에 저장된 메일함을 열었다. 사촌 오빠가 다시 보낸 메일이었다. 이메일에 제나의 유전자 분석을 해독한 글이 들어 있다. 사촌 오빠는 몇 번이나 친구 외에 다른 사람에게 메일을 보여줘서는 안 된다고 당부했다.

사촌 오빠가 보낸 메일을 거의 외울 만큼 읽고 난 뒤였다. 소율은 제나가 유전자를 조작한 아이였다는 사실을 알아냈다. 제나의 유전자는 자연스럽게 생성된 염기서열을 가지고 있지 않았다. 제나는 배아 단계에서 유전자를 조작한 시험관 아이였다. 사촌 오빠는 유전자의 주인이 발레리나라는 정보를 가지고 있었기에 다음과 같이 설명했다. 제나는 최고 발레리나 유전자를 위한, 인위적으

로 조작된 유전자 시퀀스를 가지고 있다고. 그녀의 유전
자에 있는 발레리나로서의 나쁜 자질 염기들을 잘라냈을
거라고 했다. 이를테면, 유연한, 살이 찌지 않는, 운동 신
경이 뛰어난 유전자로 재탄생되었다는 것이다. 자연스럽
게 생성된 유전자와 달리 유전자 시퀀스가 잘리거나 교
차되거나 혹은 중복된 부분이 있으면, 유전자 조작을 의
심할 수밖에 없다고 했다.

　메일을 읽고 난 뒤 소율은 심장이 멎는 것 같은 충격을
받았다. 제일 먼저 든 생각은 과연 제나가 이 사실을 알고
있을까 하는 것이었다. 소율은 제나가 이 사실을 모르고
있는 게 틀림없었다고 생각했다. 그렇지 않고는 그토록
천연덕스럽게 발레를 할 수가 없었다.

　너무나 뜻밖의 이야기에 소율은 한동안 아무것도 할
수가 없었다. 공원 벤치에 앉아 아무 생각 없이 허공을 바
라보고만 있었다. 조금 더 지나자 몸에서 힘이 빠져나가
버렸다. 팽팽하게 조이고 있던 긴장의 끈이 툭 끊어져 나
가버린 것만 같았다. 그동안 지독하리만치 채찍질했던 자
신이 바보처럼 느껴졌다. 유전자 조작을 한 발레리나를
이겨 먹으려고 그토록 지독하게 연습을 했으니까. 그 어
떤 짓을 해도 제나를 이길 수 없었다. 제나가 발레를 그만
두지 않는 한 영광은 언제나 그 아이의 차지가 될 것이다.

　　　　　　　　　　　　　　　　　　　　　턴아웃

소율은 의자에서 일어나 거리를 걷기 시작했다. 제나를 이기기 위해 뼈를 으스러뜨릴 만큼 혹독하게 보냈던 연습 시간들이 눈앞을 스치고 지나갔다. 이 나이에 발가락뼈들이 이미 기형으로 구부러져버렸다. 발목과 무릎, 골반의 만성 통증에 시달렸다. 그런데 제나는 부상조차 가볍게 지나갔다. 태어나길 발레에 적합한 몸으로 태어났으니 당연한 결과였다. 뼈의 형태나 밀도가 발레를 하기에 적합한 것이다. 발레의 가장 기본 동작인 턴아웃으로 많은 발레리나들이 무릎과 골반에 부상을 입는다. 하지만 제나는 그럴 염려가 없었다.

'앙큼한 계집애!'

소율의 눈빛에 살기가 스며들었다. 이건 대단히 큰 뉴스거리였다. 어린 시절부터 각종 콩쿠르를 휩쓸던 유제나가 유전자 조작을 한 발레리나였다니. 서울시립발레단 100주년 기념 공연에서 간단하게 지젤 역을 거머쥔 것도 모두 유전자 조작 덕분이었다.

'제나의 유전자 검사 기록을 세상에 공개한다면 과연 어떤 일이 벌어질까.'

소율의 입가에 악마와도 같은 웃음이 번졌다. 송라희가 자신의 휴대전화에 저장된 파일을 소율에게 건네며 띠었던 바로 그 웃음이었다. 제나는 말할 것도 없고 서 단장도 발레계에서 단박에 퇴출당할 것이다. 서 단장이 그 사실을 몰랐을 리가 없었다. 입단하며 제출해야 하는 메디컬테스트에는 유전자 분석이 필수였다. 서 단장의 얼굴에 완전히 먹칠을 하는 사건이었다. 뿐만 아니라 단원의 유전자 조작을 눈감아준 혐의가 드러난다면, 법적인 제재를 받을지도 모른다. 새삼 서 단장과 제나가 굉장히 가까운 사이라는 생각을 떠올렸다. 뻔뻔스럽게도 서 단장은 유럽 발레리나들에게 허용하는 모든 과학 시술에 반대하는 입장이었다. 송라희가 죽은 뒤 가졌던 기자회견에서 그녀는 그 어떤 시술도 서울시립발레단에서는 허용하지 않을 거라고 목소리를 높였다.

소율은 자기도 모르게 걸음이 빨라졌다.

'네가 제나를 뛰어넘었으면 좋겠어.'

걷는 내내 위선적인 서 단장의 얼굴이 떠올랐다. 이어 자신을 측은하게 바라보던 제나의 얼굴이 떠올랐다. 순진하고 착한 척하는 제나가 역겨웠다. 소율은 제나를 발레 세계에서 확 끌어내리고 싶은 생각이 간절했다. 세계 최고의 프리마 발레리나 조안 테일러도 나이를 먹었다. 득달같이 달려드는 노화로 그녀도 곧 퇴장할 것이 분명했다. 그러니까 이제 제나만 사라진다면 자신은 세계 최고의 발레리나가 될 수 있다. 휴대전화에 저장된 제나의

턴아웃

유전자 조작 사실을 세상에 공개하기만 한다면. 금방이
라도 폭발할 것 같은 마그마처럼 심장이 요동쳤다. 소율
은 당장 오페라 극장으로 달려갈 생각이었다.

　몇 발짝 걸어가던 소율은 걸음을 멈췄다. 심장은 세차
게 뛰고 휴대전화를 들고 있는 손끝이 떨렸으나 또다시
깊은 허탈감에 빠져들고 말았다. 소율은 절호의 기회를
손아귀에 움켜쥐었다. 그러나 어쩐 일인지 그 어떤 것도
할 수가 없었다.

22

새벽 2시가 다 된 시간이었다. 연조는 거실 식탁에 앉아 술에 취한 채 라희를 떠올렸다. 라희의 죽음은 연조에게 커다란 상처가 됐다. 그리고 곧 그녀의 삶을 송두리째 흔들어놓을 덫이었다.

연조는 처음부터 제나의 유전자 조작 사실을 알고 있었다. 내키지 않는 일이었으나 자신의 품에 제나를 받아들일 수밖에 없었다. 때문에 춤추는 제나를 보고 있으면 늘 마음이 무거웠다. 그 사실을 알고 있는 사람들은 자신과 수연, 그리고 정영하 박사였다. 정 박사는 자신의 신념 때문에 기꺼이 제나의 유전자 조작 사실을 감추는 일에 동참했다. 그는 유전공학의 대가였고, 인간이 행복해질 수

턴아웃

있는 방법은 유전자 편집 기술이라고 믿었다. 머지않아 우리나라도 유럽처럼 법이 바뀌게 될 거라고 장담했다.

그런데 감춰왔던 비밀을 다른 한 사람에게 들키고 말았다. 송라희였다. 그들에게 라희는 곧 상당히 위험한 인물이 되었다. 연조는 라희가 입을 열지 못하도록 애를 썼다. 허구한 날 술에 취해 단장실로 쳐들어온 라희를 달래며 보냈다. 행여 그녀가 진실을 발설할까 봐 두려웠다. 하지만 열쇠를 쥔 라희는 막무가내였다. 제나의 유전자 검사 기록을 손에 꼭 쥔 채 연조에게 으르렁댔다.

"제나가 유전자를 조작한 아이였더군요. 단장님, 설마 그 사실을 모르고 계셨던 건 아니죠?"

어느 날 라희가 예고도 없이 단장실로 들어와 물었다. 처음에 연조는 무슨 말인지 와닿지 않았다. 라희가 술이 덜 깬 채 헛소리를 하고 있다고 생각했다. 하지만 라희의 다음 이야기에 연조는 정신이 번쩍 들었다.

"솔직히 말하면 저는 처음부터 제나가 의심스러웠어요. 그건 바로 그 아이의 턴아웃 때문이었죠. 인체공학을 제대로 공부한 발레리나라면 누구나 의심을 품을 수밖에 없을 거예요. 정상인이라면 고관절을 그토록 많이 밖으로 돌릴 수가 없죠. 우린 자동 인형이 아니니까요. 하지만 모두들 제나가 천재라고 생각했죠. 유전자를 조작했을 거라고는 아무도 의심하지 않았어요."

연조는 핏발 선 눈으로 라희를 노려보았다. 그러나 라희는 개의치 않았다.

"진짜 너무너무 궁금해서 단장님 컴퓨터에서 제나의 메디컬테스트 기록을 다운로드받았어요. 설마 했는데, 분석 결과지를 받아보고 솔직히 저도 깜짝 놀랐어요. 처음엔 잘못 분석한 줄 알고 다시 분석해달라고 졸랐죠. 아, 가까이 지내는 생명공학 연구원이 있거든요."

연조는 주먹을 꽉 쥐었다.

"정당한 이유 없이 남의 유전자를 분석하는 건 불법이야!"

라희는 코웃음을 치더니 조근조근 이야기를 꺼냈다.

"흠! 유전자를 조작한 발레리나를 감싸고 돈 단장님은 어떻고요? 제 생각에는 이제 서울시립발레단 방침을 바꿔야 할 것 같은데요? 유럽 다른 나라들처럼 발레리나의 과학 시술을 허용하는 쪽으로 말이죠. 단장님도 잘 아시겠지만 발레리나들이 이만저만 다치는 게 아니잖아요. 근데 왜 이곳은 안 된다는 거죠?"

연조가 목소리를 높였다.

"그건 우리 발레단 방침일 뿐만 아니라 정부의 방침이야. 범법 행위라고!"

라희가 어이없다는 듯 연조를 보며 말했다.

"오호! 그래서 제나의 유전자 조작 사실을 감췄다 그 말씀이군요. 하긴 제나가 대단히 촉망받는 발레리나이긴 하죠. 제가 단장님이었어도 그 아이가 이곳에서 계속 발레를 하게 만들고 싶었을 거예요. 지금처럼 눈만 꼭 감아주면 되니까."

연조는 라희를 노려보았다.

"네가 언제부터 제나한테 그렇게 호의적이었니?"

"그 이유는…… 아마 다음 메디컬테스트 검사를 하면 드러나지 않을까 싶네요."

싱긋 웃는 라희를 보며 연조가 입술을 바르르 떨었다.

"설마 너…… 시술을 한 거니? 응? 그랬어?"

라희가 고개를 끄덕였다.

"나쁜 년……. 그렇다고 해도 널 우리 발레단으로 다시 불러들이지 않을 거야!"

"왜죠?"

"그래, 말해줄게. 네가 알코올 중독자이기 때문이야. 이제 보니 인성도 아주 바닥이기 때문이지. 더구나 나노칩 시술자들은 절대 받아들일 수 없어!"

"유전자 조작을 한 제나는요? 아니, 단장님은요? 단원의 유전자 조작 사실을 뻔히 알면서도 발레단에 입단시킨 당신은 어떤가요? 그것도 친구의 딸이라는 이유로요. 솔직히 그게 더 파렴치한 짓 아닌가요?"

연조는 주먹을 부들부들 떨었다. 라희가 비웃듯이 고개를 갸웃했다.

"근데 단장님 같은 분이 어떻게 그런 일을 할 수 있을까요? 단장님은 절대로 손해 볼 짓을 할 사람이 아닌데……. 그런 위험을 감수하는 단장님을 아무리 생각해도 이해할 수가 없네."

라희가 이어 말했다.

"난 단장님이 정말로 발레리나들의 과학 시술을 혐오하는 줄 알았어요. 언제나 그렇게 말했으니까요. 근데 왜 나는 안 되고 유제나는 되는 거죠? 단장님, 이제 어떻게 하실래요?"

라희는 아예 드러내놓고 협박했다. 조금 뒤 연조가 낮은 목소리로 말했다.

"내게…… 시간을 줘. 지금 너랑 그 일에 대해 더 이야기하고 싶지 않아. 내 머릿속이 완전히 뒤죽박죽돼 있어."

그러고 나서 연조는 라희에게 그만 나가달라고 말했다. 라희가 고양이 같은 동작으로 소파에서 냉큼 일어섰다. 연조를 빤히 보며 구역질 난다는 표정을 짓더니 곧 단장실을 나갔다.

연조는 버릇처럼 창가에 서서 푸르러가는 산을 내다보았다. 너무나 불안해서 숨이 막힐 지경이었다. 조만간 큰일이 터질 것만 같은 생각에 어깨를 떨었다.

'그런 위험을 감수하는 단장님을 아무리 생각해도 이해할 수가 없네.'

라희가 떠벌린 그 말이 송곳처럼 심장을 후벼팠다. 연조는 고개를 저으며 중얼거렸다.

"나도 그러고 싶지 않았어……. 하지만 그토록 내키지 않았던 일을 할 수밖에 없었어."

스물두 살에 네덜란드 국립발레단 무용수로 입단한 뒤 다시 6년의 시간이 흘렀다. 스물여덟 살의 나이에 수연은 네덜란드 국립발레단 수석 무용수로 발탁됐다. 뛰어난 발레리나였으나 그녀에게는 운도 따라주었다. 그 무렵 수석 무용수가 크게 다쳐 발레를 할 수 없는 상황이 되었다. 이어 결혼한 솔리스트 한 명이 임신을 해서 은퇴하더니 남은 솔리스트들도 연습 중에 부상을 입었다. 덕분에 솔리스트 중 한 명이었던 수연이 수석 무용수 자리를 꿰찼다.

그때까지 연조가 아는 한 수연만큼 지독한 연습벌레는 없었다. 수연의 엄마가 유방과 자궁을 드러내는 대수술을 한다는 비보를 들었을 때도 수연은 연습에 몰두했다. 네덜란드에서 발레리나 생활을 한 지 2년이 지날 무렵이었다. 외국에서 받은 충격적인 소식에 수연은 잠시 흔들리는 듯하더니 그대로 연습에 몰두했다. 〈잠자는 숲속의 미녀〉 공연에 꽤 비중 있는 배역을 앞두고 있었기 때문이다.

발레리나들은 그 많은 연습량에도 불구하고 정체기를 겪는다. 아무리 연습해도 어느 선에 다다르면 한동안 그 단계에 머물기 마련이었다. 그러나 수연은 예외였다. 수연은 무지막지한 연습량에 비례해 나날이 실력이 늘어났다. 수연을 보고 있으면 확실히 노력이 천재를 만든다는 생각이 들었다. 타고난 천재란 처음부터 없는 것처럼 느껴졌다.

그 노력으로 네덜란드 국립발레단 수석 무용수가 된 수연은 몇 달 뒤 〈호두까기 인형〉의 주인공을 맡았다. 그녀의 행보는 빛처럼 빠르고 눈부셨다. 반면에 연조는 긴 시간 동안 군무 추는 발레리나에 머물렀다. 뼈아픈 일이었으나 그녀는 수연 곁을 떠나지 않고 지켜보았다. 켜켜이 쌓인 시기와 분노와 자괴감이 똘똘 뭉쳐 어느 날 폭발하기 전까지.

연조는 어제 김형민 형사에게 한 통의 문자를 받았다.

조심스러운 그의 말투 속에 긴장이 깃들어 있었다.

> 서 단장님, 일이 이렇게 돼서 송구하기 짝이 없습니다. 그
> 러나 형사로서 제 신념은 그 어떤 차별을 두지 않고 범법
> 행위를 밝혀내는 일이니 너그럽게 이해를 구하는 바입니
> 다. 유제나 양의 문제로 다시 한번 경찰서로 출두하시길
> 부탁드립니다. 누구보다도 제나 양을 생각하면 저도 마음
> 이 몹시 아픕니다.

"내가 치러야 할 대가는 다 치렀어. 수연아……. 이제
넌 속이 시원하니?"

순식간에 연조의 낯빛이 파르스름해졌다. 거실 식탁에
앉은 그녀는 와인 잔이 으스러질 정도로 꽉 움켜잡았다.

"하지만 절대로 서울시립발레단에서 물러나지 않을
거야! 성공하기 위해 난 그 누구보다 열심히 살았어!"

새벽 2시가 지나고 있었다. 연조는 잔에 반쯤 담긴 포
도주를 내려다보았다. 자줏빛 포도주 빛깔이 수연을 닮
았다는 생각이 들었다. 수연은 언제나 열정이 넘쳤다. 공
연장뿐만 아니라 어디서든 그녀에게는 사람들이 몰려들
었다. 암스테르담 플리마켓, 뭇사람들에게 둘러싸인 채
빨간 구두를 신고 춤추던 수연이 떠올랐다. 아름다워서,
너무나 아름다워서 연조는 가슴이 찢어질 것 같았다.

23

새벽 2시가 조금 넘은 시간, 연조에게서 비디오콜이 걸려 왔다. 그 시간까지 잠을 이루지 못하고 있던 수연은 망설이다 전화를 받았다. 연조는 수연을 보며 술에 취한 목소리로 물었다.

"너…… 기억나니?"

수연은 차가운 얼굴로 연조를 바라보기만 했다.

"암스테르담 플리마켓……. 우리가 스물여덟 살에 마지막으로 갔던 그곳……."

"기억하고 있어."

"암스테르담 센트럴역에서 내리면 금세 선착장에 다다랐잖아……. 페리를 타고 15분쯤 달리면 플리마켓이

나왔지. 너…… 정말 그곳 기억해?"

연조가 핏발이 드러난 빨간 눈동자를 빛내며 말했다.

"수연아……. 난 가끔 그곳 플리마켓이 생각난다. 폐공장 두 개가 마주 보고 서 있던 야시장 거리……. 그곳엔 정말 없는 게 없었어. 젊은 시절 우리가 환장할 만한 물건들 투성이였잖아. 이국적인 원피스와 블라우스와 스커트…… 액세서리, 시계, 장식품들, 프린팅이 예쁜 접시와 컵들……."

"그래, 나도 기억나."

"맞아, 빨간 애나멜 구두! 네가 그걸 신고 춤을 췄잖아. 그 구두를 신고 넌 아라베스크 턴을 수차례 했어. 꼭 안데르센의 〈빨간 구두〉에 나오는 아가씨처럼 몇 번이나 빙글빙글 돌았지. 그런 너를 보려고 플리마켓을 서성이던 사람들이 벌떼처럼 몰려들었어. 개중엔 널 알아보는 사람들도 있더구나. 넌 플리마켓에서도 스타였어."

"그 말을 하려고 이 시간에 내게 전화한 거니?"

수연은 당장이라도 전화를 끊어버리고 싶었다. 암스테르담 플리마켓을 기억하냐고? 천만의 말씀이다. 수연은 그곳에서 있었던 모든 일들을 깡그리 다 잊고 싶은 쪽이었다.

하지만 단 하나, 그 화병만큼은 죽을 때까지 잊지 않을 생각이었다. 연조가 가끔 생각난다는 암스테르담의 플리마켓에서 수연이 산 화병이었다.

〈호두까기 인형〉 공연을 한 달 남짓 남겨두고 수연은 연조와 함께 암스테르담 플리마켓에 갔다. 잠시라도 바람을 쐬지 못하면 미칠 것 같다고 아우성치던 연조 때문에 수연은 공연 준비로 내키지 않았으나 따라나섰다.

두어 시간 넘도록 정신없이 구경하다 수연은 연조를 찾아보았다. 연조는 한참 동안 한곳 좌판 앞에서 머뭇거렸다. 수연이 다가가자 연조가 말했다.

"수연아, 저 화병 정말 예쁘지 않니? 작년에 우리가 다녀왔던 파리 생트샤펠 성당 스테인드글라스 같아."

수연은 연조가 손짓하며 가리키는 화병에 눈을 두었다. 연조의 말대로 보랏빛 화병은 파리 성당의 스테인드글라스 같았다. 빨강과 파랑으로 정교하게 그림을 새긴 성당의 커다란 스테인드글라스는 조금 떨어진 곳에서 보면 화려한 보랏빛을 띠었다. 생트샤펠 성당의 스테인드글라스를 닮은 화병도 빛깔이 고왔다. 스무 개쯤 진열된 화병들 중에서 단연 돋보였다.

연조는 그 화병을 살까 말까 망설이는 눈치였다. 보다 못해 수연이 한마디했다.

"맘에 들면 그냥 사."

"너무 비싸서…… 조금만 더 깎아주면 살 텐데……."

연조는 아쉬운 얼굴로 뒤돌아섰다. 수연은 액세서리 쪽으로 걸어가는 연조를 바라보았다. 연조는 시무룩한 얼굴로 액세서리를 고르고 있었다. 그사이 수연은 연조 몰래 보랏빛 화병을 사서 백팩에 집어넣었다. 연조에게 깜짝 선물을 할 생각이었다. 연조가 자기 때문에 힘들어한다는 사실을 알고 있었다. 수연이 수석 무용수가 되고 나서 연조는 한동안 모든 일에 심드렁했다. 폭식으로 몸무게가 늘어나기까지 했다. 그녀의 변화를 눈치채고 있었으나 수연은 그 이유를 묻지 않았다. 연조의 마음을 충분히 알고 있었기 때문이다. 네덜란드에서 단원 생활을 한 지 6년이 지났으나 연조는 군무 추는 발레리나에서 벗어나지 못했다. 옆의 친구는 승승장구하는데, 기를 쓰며 연습했던 연조는 계속 군무 추는 발레리나에 머물렀다. 어느 날 갑자기 연조가 한국으로 돌아가버린다고 할까 봐 수연은 두려웠다. 다른 나라에서 이렇게 오래 버틸 수 있었던 건 곁에 연조가 있어서였다.

이튿날, 수연과 연조가 공연 연습을 마치고 밤늦게 돌아온 뒤였다. 수연은 연조에게 포장한 화병을 내밀었다.

"풀어봐. 아마 깜짝 놀랄걸."

포장지를 풀더니 과연 연조는 감격스러운 표정을 지으

며 수연을 와락 끌어안았다.

"어머……. 나한테 말도 안 하고 샀구나? 너무 예뻐!"

보랏빛 스테인드글라스 화병 하나로 그동안 쌓인 앙금
이 풀리는 기분이 들었다. 적어도 수연은 그렇게 생각했
다. 예전처럼 연조와 아무런 거리낌 없이 지낼 수 있을 거
라고.

마침내 공연 날이 되었다. 수연이 네덜란드 국립발레
단에서 처음으로 주연을 맡은 〈호두까기 인형〉이 무대에
올랐다. 수연은 떨려서 간밤에 뜬눈으로 밤을 지샜다. 몹
시 긴장한 탓에 온몸의 감각들이 날을 세우며 서 있었다.
수석 무용수 단독 대기실에 앉아 분장을 할 때에는 아무
런 생각이 들지 않았다. 빨리 무대로 뛰어들어가면 좋겠
다는 생각을 했고 실수만 하지 않길 바랐다.

〈호두까기 인형〉 2막. 성인으로 변한 클라라를 연기하
기 위해 수연은 무대 뒤에 서서 대기했다. 잔뜩 긴장한 얼
굴로 토슈즈를 내려보았다. 어쩐 일인지 발끝에 이물질
이 들어 있는 것 같은 느낌이 들었다. 그러나 곧 음악이
흘러나왔고, 어느덧 수연은 차이콥스키 관현악 협주곡에
맞춰 무대로 뛰어들어갔다.

호두까기 왕자로 분한 발레리노와 파드되를 추기 시작
했다. 발레리노의 손길에 따라 수연은 몸을 움직였다. 그

런데 아라베스크 턴을 할 때였다. 무언가가 엄지와 검지 발가락 사이를 푹 쑤셨다. 이내 날카로운 무언가가 얇은 살갗을 쑤시고 들어와 발등을 찔렀다. 수연은 저절로 미간이 찌푸려졌다. 발레리노 뵈르케가 놀란 눈으로 수연을 잠시 보더니 다시 객석을 향해 미소를 지었다. 수연은 가까스로 정신을 차렸다. 입가에 미소를 띠며 발레를 하는데, 발등은 뼈가 으스러진 것처럼 아팠다. 7분 40초 동안의 파드되를 추고 난 뒤 수연과 발레리노는 무대 한쪽으로 물러났다. 몇 초 뒤 다시 무대 중앙으로 들어가야 했기에 두 사람의 얼굴에는 숨 막힐 듯한 긴장이 흘렀다.

"수연, 왜 그래? 얼굴이 창백해. 이런, 땀을 흘리고 있잖아!"

뵈르케가 놀란 얼굴로 속삭였다. 수연은 몹시 괴로운 표정을 지으며 겨우 말했다.

"사고 같아. 토슈즈 안에 유리 조각 같은 게 들어 있어."

뵈르케가 두 눈을 휘둥그렇게 뜨며 속삭였다.

"맙소사! 아직 30분이나 더 공연을 해야 한다고! 참을 수 있겠어?"

수연은 이를 악물며 고개를 끄덕였다. 하얀색 토슈즈를 내려다보았다. 다행히 피가 번지지는 않았다. 그러나 고통은 점점 더 심해지고 있었다.

수연과 발레리노가 다시 한번 무대 한가운데로 뛰어나 갔다. 뵈르케는 수연을 보며 미소를 지었으나 눈빛의 음 울함을 감추지는 못했다. 수연의 얼굴은 이미 땀으로 범 벅이 됐다. 그 와중에 수연은 뵈르케에게 사랑스러운 눈 길을 보내며 그랑 파드되를 췄다. 발등이 찢어지는 것 같 은 아픔이 몰려들었다. 그러나 고통을 드러내지 않으려 고 죽을힘을 다해 몸부림쳤다. 누군지 꼭 밝혀낼 생각이 었다. 누군지 알아내기만 한다면, 가만있지 않을 생각이 었다.

악몽과도 같은 30분의 시간이 흘렀다. 수연에게 그 30분은 30년의 세월만큼이나 길게 느껴졌다. 다른 발레 리나로 대체할 수 있었으나 수연은 그렇게 하지 않았다. 그동안 무대를 위해 흘린 땀방울을 절대로 헛되게 만들 고 싶지 않았기 때문이다. 무대를 뛰쳐나가지 않은 자신 이 고맙고 대견했으며, 한편으로는 스스로가 너무 무서 운 사람이라는 생각이 들었다.

엄지와 검지 발가락 사이 발등을 찌르고 있던 유리를 빼내면서 의사가 혀를 내둘렀다.

"당신은 정말 독한 사람이군요."

수연을 나무라는 말투였다. 공연 무대가 어떻게 돌아

가는지 알 수 없는 사람이었으니 당연했다. 수연은 그의 말에 아랑곳하지 않았다. 무대에 대한 아쉬움이 그녀를 내내 괴롭혔다. 더 잘할 수 있는 무대였다. 그동안 무대를 위해 죽을 만큼 연습했다. 네덜란드 국립발레단 수석 무용수로 갖는 첫 무대였으니 그녀는 정말로 준비할 만큼 다 했다.

"발등에 이런 게 들어 있었군요."

의사가 핀셋으로 유리 조각을 꺼내며 황당한 얼굴로 말했다. 그러고는 발레 세계를 통틀어 무시무시한 깡패 조직이나 되는 것처럼 질렸다는 표정을 지었다. 수연은 피에 범벅된 유리 조각을 멍하니 바라보았다. 옆에 서 있던 간호사가 유리 조각을 휴지통에 버리려고 할 때였다. 수연이 그녀를 향해 다급하게 외쳤다.

"그거 버리지 마세요. 이리 줘요!"

간호사는 의아한 얼굴로 핏물에 젖은 유리 조각을 거즈 위에 올려 수연에게 건넸다. 수연은 입술을 앙다물고 눈을 치뜨며 유리 조각을 내려다보았다. 유리 조각은 엄지 손가락 반만 한 길이였다. 토슈즈에 박혀 있다 발끝에 힘을 주며 움직일 때마다 뾰족한 끝이 살을 파고들어 왔다. 움직임이 클수록 유리 조각이 고개를 불쑥 내밀고 발가락 사이를 깊게 찔렀다.

유리 조각을 살피던 수연의 눈에 갑자기 눈물이 차올랐다. 유리 조각에는 빨갛고 파란 그림이 새겨져 있었다. 아마도 조금 떨어진 곳에서 보면 틀림없이 보랏빛으로 보일 것이다. 어느 날 연조와 함께 갔던 파리 생트샤펠 성당의 스테인드글라스처럼.

"환자 분, 괜찮으세요?"

간호사가 어느새 울음을 터뜨리고 있는 수연에게 물었다. 수연은 울면서 고개를 끄덕였다. 간호사가 안쓰럽다는 얼굴로 수연을 잠시 바라보더니 말했다.

"너무 걱정하지 말아요. 치료를 잘 받으면 다시 발레를 할 수 있을 테니까요."

수연은 그날 밤 발에 붕대를 감은 채 절뚝거리며 집으로 돌아왔다. 연조는 이미 집에 들어와 있었다.

"수연아, 괜찮아? 같이 병원에 가지 못해서 미안해. 널 찾았는데 이미 병원에 가고 없었어."

수연은 차가운 얼굴로 연조를 가만히 바라보았다. 연조는 잠시 불안정한 눈빛을 보이더니 태연한 얼굴로 수연의 발을 걱정했다. 그런 연조를 보며 수연은 가방 안 거즈에 돌돌 말아 들고 온 유리 조각을 떠올렸다. 그날 밤, 연조에게 그 어떤 것도 따져 묻지 않았다.

얼마 뒤, 짐을 싸서 귀국하는 길에 연조에게 물었다.

"연조야……. 너, 왜 그랬니?"

연조는 무슨 말인지 몰라 수연을 물끄러미 바라볼 뿐이었다.

"내 발등을 찌른 유리 조각은 파리 생트샤펠 성당 스테인드글라스를 닮았더라."

이내 연조의 얼굴이 얼음처럼 차갑게 굳었다.

"그러니까 그 유리 조각은 내가 너한테 선물한 유리 화병이었어!"

연조가 고개를 떨구었다. 조금 뒤 떨리는 목소리로 말했다.

"수연아, 미안해……. 내가 미쳤나 봐. 그때 난 정말로 제정신이 아니었어."

수연은 어깨를 떨며 흐느끼는 연조를 경멸 어린 눈으로 바라보았다. 집을 나오기 직전, 뒤돌아서서 연조를 향해 말했다.

"널…… 가만두지 않을 거야. 네 인생이 정점에 오르는 순간을 기다리겠어!"

한국으로 돌아온 뒤, 수연은 얼마 동안 아이들에게 발레를 가르치다 태영과 결혼을 했다. 수연은 태영에게 시험관 아기를 제안했다. 발 부상으로 수연의 인생 계획표가 크게 틀어졌다. 이제 자신이 아니라 딸을 낳아 발레리나로 키울 결심을 굳혔다. 수연은 유전자를 조작해서라도 최고의 발레리나가 될 재목을 낳길 진심으로 바랐다. 태영에게 말할 명분이 있었다. 아기의 유전자에서 수연의 외가 쪽의 나쁜 피를 차단시켜야 한다고. 어쩌면 딸에게로 유전될지 모르는 유방암과 난소암 유전자 변이를 수정란 상태에서 미리 잘라내야 한다고 절박하게 말했다.

처음에 태영은 반대했으나 수연의 부탁을 들어주었다. 두 사람 사이가 점점 나빠진 건 제나를 키우면서부터였다. 수연의 지독한 훈육 방식에 태영과 수연은 하루도 싸우지 않고 지나갈 날이 없었다.

몇 년의 시간이 흐른 뒤 수연은 연조를 다시 만나게 됐다. 연조가 서울시립발레단에서 〈백조의 호수〉 귀국 기념 공연을 할 때였다. 꽃다발을 한 아름 안고 찾아온 수연을 보며 연조는 놀라움을 금치 못했다. 꺼림칙해하는 모습은 없었다. 진심으로 반가워하는 눈치였다. 그 뒤 두 사람은 아무 일 없었다는 듯 가끔 연락을 했다. 전화를 건 쪽은 언제나 수연이었다.

그리고 제나가 발레스쿨 4년 차를 다닐 무렵, 수연은 다시 한번 연조를 찾아갔다. 이번에는 서울시립발레단 단장실이었다.

턴아웃

"어서 와!"

예전보다 훨씬 세련된 모습을 한 채 연조가 활짝 웃으며 수연을 반겼다. 수연은 그녀의 감정에 끌려가지 않으려 애를 썼다. 착 가라앉은 목소리로 말을 꺼냈다.

"부탁할 게 있어서 찾아왔어."

연조가 수연의 얼굴을 살피며 물었다.

"그래? 무슨 부탁인데?"

수연은 잠시 침묵한 뒤 말을 꺼냈다.

"제나를 서울시립발레단에 입단시켜줘."

연조의 낯빛이 금세 달라졌다. 불편함을 굳이 감추지 않은 얼굴로 물었다.

"아무리 친구 사이여도 너무 실례되는 부탁 아니니?"

연조의 불쾌한 물음에도 수연은 포기하지 않았다.

"부탁이야. 발레를 포기한 뒤 제나만 보고 살아왔어. 넌 그만한 능력이 되잖아."

그제야 연조가 수연을 지그시 바라보았다.

"발레를 잘하니까 머지않아 제나는 이곳 발레단에 입단할 수 있을 거야. 발레스쿨에서 최고로 뛰어난 발레리나라고 들었어. 너를 닮은 거지."

"아니, 어려워."

수연은 잘라 말한 뒤 마침내 제나의 핸디캡에 대한 이

야기를 꺼냈다.

"제나는 유전자를 조작했어."

연조가 놀란 눈으로 수연의 얼굴을 살폈다. 조금 뒤 고
개를 가로젓더니 단호하게 말했다.

"곤란해. 그건 내 신념과 우리 발레단 규칙에 어긋나는
일이야."

수연이 고개를 치켜들었다. 분노로 그녀의 눈이 발갛
게 번들거렸다.

"신념이라고? 내 토슈즈에 유리 조각을 집어넣은 게
누군데! 네가 지금 신념 따위 말할 자격이 있니?"

연조의 얼굴이 하얗게 질려버렸다. 곧 파르스름해지더
니 어깨를 바르르 떨었다. 수연이 소리쳤다.

"너의 야망과 성공을 위해 친구한테 그런 짓을 저질러
놓고 이런 부탁 하나 못 들어주겠다고? 그게 한집에서 밥
을 먹고 지내던 친구에게 할 짓이었니?"

둘 사이에 침묵이 흘렀다. 연조가 눈을 내리뜨며 조용
히 입을 열었다.

"수연아, 미안해……. 그때 일은 정말 너무 미안하게
생각하고 있어."

"또 그 소리! 정말 듣기 싫어!"

연조는 여전히 차분한 어조로 따지듯 물었다.

"하지만 이미 지난 일이잖아. 그동안 너도 아무렇지 않게 내게 전화를 걸었잖아. 근데 이제 와서 왜 그러는 건데?"

"아니, 난 아무렇지 않은 게 아니었어. 그 누구보다도 발레를 하고 싶었다고!"

연조의 눈빛에도 노기가 배어들었다.

"그래서 어쩌자는 거니?"

"제나를 서울시립발레단에 입단시켜줘. 그러면 널 용서할 수 있을 것 같아. 제나는 내 전부야. 걔가 성공하는 걸 두 눈으로 똑똑히 지켜보면서 살 거야."

수연은 비디오콜 안에서 흐느끼는 연조의 얼굴을 말없이 바라보았다. 그녀를 향해 일말의 양심의 가책이나 동정 같은 건 느껴지지 않았다. 비디오콜을 끄며 마음먹었다. 그 어떤 일이 있어도 다시는 그녀를 만나지 않겠다고.

24

이천여 명의 관객이 앉은 객석, 무대 위로 음울한 음악
이 흐른다. 달빛만 떠 있는 어두운 무대 위로 발레리노가
뛰어들어오며 〈지젤〉 2막의 시작을 알린다. 발레리노는
지젤의 무덤가에서 비통한 표정을 짓는다. 절규하던 그
는 마을 청년들에게 이끌려 무대 뒤로 사라지고, 순백색
튀튀를 입고 면사포를 쓴 지젤의 혼령이 무덤가를 떠돌
다 사라진다.

이윽고 윌리들의 여왕 미르타가 무대 위에 등장했다.
머리에 화관을 쓴 소율은 손과 발을 부드럽게 움직이며
무대 가운데로 다가섰다. 느린 동작으로 아라베스크 턴
을 하며 객석을 내다볼 때였다. 가운데 둘째 줄에 앉아 있

는 서 단장의 모습이 눈에 들어왔다. 서 단장은 입술을 꼭 다문 채 허리를 곧추세우고 앉아 자신을 응시했다. 소율은 재빨리 서 단장한테서 눈을 거뒀다. 서 단장이 VIP석에 앉아 있을 거라고 예상하지 못했다.

소율은 아라베스크 턴을 한 뒤 지젤의 무덤가로 다가섰다. 한 손에 나뭇가지를 집어 들고 슬픈 얼굴로 무덤 앞에서 춤을 췄다. 이윽고 무대 가운데로 나와 연달아 바트망을 할 때였다. 마지막으로 뛰어오른 뒤 발끝을 바닥에 내딛는 순간, 몸이 흔들리고 말았다. 연습할 때 거의 실수한 적이 없는 동작이었다. 하지만 누구라도 눈치챌 만한 실수였다. 당황한 낯빛을 감추지 못한 채 소율은 또다시 서 단장과 눈이 마주쳤다. 서 단장이 눈에 힘을 주며 입술을 앙다물었다.

실수를 한 탓인지 소율은 미르타에게 계속 몰입하지 못했다. 자신을 응시하는 서 단장에게 자꾸 눈길이 갔다. 내내 참았던 감정이 복받치고 올라왔다.

'당신, 발레단을 떠난 거 아니었나요?'

서 단장의 눈가가 파르르 떨렸다. 소율은 이제 서 단장의 눈을 피하지 않았다. 양손을 가슴에 모은 자세로 턴을 반복하며 서 단장의 말을 되뇌었다.

'난 네가 제나를 뛰어넘으면 좋겠어.'

지난번 면담 자리에서 서 단장이 소율에게 한 말이었다. 서 단장의 채찍질 소리에 소율은 크게 감동받았다. 그러나 돌이켜 보면 말이 안 되는 소리였다. 발레리나로서 최고 유전자를 선택해서 태어난 제나를 뛰어넘으라니. 그건 신의 영역을 다시 한번 뛰어넘으라는 억지와 같았다.

소율은 서 단장을 향한 비웃음이 나왔다. 서 단장의 눈길을 뿌리치며 세 번의 회전을 한 뒤 발끝을 세우고 서서히 무대를 벗어났다. 무대는 곧 발레 블랑 장면으로 가득 채워졌다.

소율은 가쁘게 숨을 내쉬었다. 손꼽아 기다리던 무대에서 실수를 하고 말았다. 서 단장과 눈이 마주친 순간 감정선이 흔들리면서 동작이 제대로 나오지 않았다. 서 단장은 어제 마지막 리허설 연습실에 나와 형식적인 인사를 하다 돌아갔다. 여느 때와 달리 착 가라앉은 얼굴을 보며 소율은 서 단장이 발레단을 떠날지도 모른다는 순진한 생각을 했다. 단원들 모두 그렇게 생각했다. 하지만 오늘 객석에 앉아 있는 서 단장을 보며 소율은 몹시 당황했다. 객석에 당당히 앉아 있는 서 단장은 단장직에서 물러설 마음이 없는 것처럼 보였다. 스스로 강조했던 발레단의 규칙을 깨뜨려놓고 물러설 마음이 전혀 없는 것이다.

무대 뒤에서 소율은 지젤과 알브레히트의 파드되를 지

켜보았다. 연인을 잃은 혼령 지젤이 알브레히트 둘레를 빙글 돌며 아라베스크를 한다. 그토록 간절히 원했던 지젤 역을 다른 발레리나가 하고 있다. 10년 동안 솔리스트로 활약했던 발레리나였다. 이번 공연에서 빠진 제나를 대신했다. 제나만큼은 아니지만 그녀의 지젤도 꽤 훌륭했다. 몽환적인 표정 연기는 제나보다 훨씬 더 돋보였다.

'근데 이 허전함은 뭐지?'

소율은 가슴이 텅 빈 듯 스산한 감정을 어떻게 해석해야 할지 알지 못했다. 오늘 그녀의 마음은 스스로도 이해할 수 없을 만큼 갈피를 잡지 못했다.

두 번의 커튼콜을 마친 뒤 무대가 막을 내렸다. 스포트라이트가 꺼진 무대를 걷다 말고 소율은 객석을 내다보았다. 서 단장이 일어서서 몇몇 사람들과 악수를 하고 있었다. 오늘 서 단장은 윤이 나는 잿빛 슈트를 입었다. 언제나처럼 멋지게 차려입은 채 이번 공연에 후원한 사람들에게 깍듯하게 인사하는 중이었다. 소율은 서 단장이 대단한 정신력의 소유자라는 생각을 했다. 명망 있는 자리에 오른다는 건 저렇게 정신력이 받쳐주지 않으면 버틸 수 없는 일인 것 같았다. 발레스쿨을 다닐 때 소율의 롤 모델은 서 단장이었다. 자신도 세계적인 발레리나로 활동하고 나서 은퇴한 뒤 서울시립발레단 단장을 하고 싶었다. 그런데 요즘 서 단장을 보고 있으면 비굴하기 짝이 없었다. 단장직을 움켜잡으려고 기를 쓰는 서 단장은 보기 안쓰러울 정도였다.

분장실에서 화장을 지우고 있는데 발레리나들이 떠드는 소리가 귀에 들어왔다.

"단장님, 진짜 대단하지 않냐? 어떻게 저렇게 태연히 객석에 앉아 있을 수가 있니?"

"그러게. 나 같으면 창피해서 발레단을 진작 떠났을 거야."

"말과 행동이 완전 따로 노는 분이었어. 근데 제나가 정말 안되긴 했어."

"맞아. 제나는 너무 안됐어. 태아가 뭘 알았겠니?"

소율은 화장을 마저 지우고 마땅찮은 얼굴로 분장실을 나섰다. 서 단장을 입에 담고 오르내리게 하던 단원들은 모두 군무 추는 발레리나들이었다. 짜증과 체념이 뒤섞인 눈으로 주인공의 무대를 숨죽이며 지켜보는 발레리나들. 아마 그들 대부분은 군무만 추다 발레 생활을 마칠 것이다.

'너희들 같으면 세계 최고의 발레단 단장직을 쉽게 내놓을 수 있겠니?'

소율은 이번에는 그들을 한껏 비웃었다. 서 단장의 정

신력에 다시 한번 감탄이 나올 지경이었다. 비굴함을 견디며 자리를 지키는 건 아무나 하는 일이 아니었다. 저 자리에 오르기까지 얼마나 많은 일들을 견뎌냈을지 짐작하고도 남았다. 만천하에 공개된 약점에도 소율은 여전히 서 단장을 닮고 싶었다. 아니, 자신은 약점의 씨앗 같은 걸 애초에 만들지 않을 생각이었다. 소율은 서 단장을 뛰어넘는 발레 인생을 살고 싶었다.

25

　오페라 극장을 나오면서 소율은 사촌 오빠에게 문자를
보냈다. 그동안 미뤄두었던 일을 차례차례 정리할 생각
이었다.

　　-오빠…….그 친구의 메디컬테스트 기록을 모두 삭제해
　　주면 좋겠어.

　사촌 오빠가 뜻밖이라는 듯 물었다.

　　-갑자기 왜?
　　-으응……. 그 친구가 그렇게 해달라고 부탁했어. 자기

기록을 보고 충격받은 것 같아.

    소율은 제나의 유전자 분석 기록을 더 이상 떠올리고 싶지 않았다. 제나의 얼굴이 떠올라 기분만 찜찜할 뿐이었다.
    잠시 침묵하던 사촌 오빠가 문자를 보냈다.

    -그래, 그렇게 할게. 그 친구 때문에 너도 걱정이 많겠구나.

    사촌 오빠는 소율이 아직도 어린아이인 줄 알고 있었다. 그 친구 때문에 걱정이 많겠다니. 소율은 제나를 걱정해본 적이 한 번도 없었다. 뛰어난 발레 실력에 예쁜 외모와 부자 부모까지 있는 제나는 언제나 질투의 대상이었다. 제나를 이기고 싶어 늘 가쁘게 숨을 몰아쉬었던 기억밖에 떠오르지 않았다. 걱정한 것은 늘 자기 자신이었다. 피나는 노력에도 늘 제나에게 밀리는 자신이었고, 가난한 부모를 둔 탓에 돈 걱정하며 지내는 자신이었다.
    사촌 오빠가 제나에 대해 더 물어볼까 봐 조마조마했다. 다행히 사촌 오빠는 묻지 않았고, 소율은 고맙다고 인사를 했다. 그리고 자신의 휴대전화에 저장된 메디컬테스트 파일을 삭제했다. 더 이상 제나를 마음에 담아두지 않아도 될 터였다.

길게 숨을 내쉬고 나서 버스 정류장으로 걸어갔다. 차도 한쪽에 발레리나들을 기다리는 자동차 행렬이 보였다. 자동차 안에는 그녀들의 엄마나 아빠가 앉아 공연을 마치고 나오는 딸을 기다리고 있었다. 자동차들은 모두다 근사했다. 그중에는 소율의 집 가격을 웃도는 자동차들도 있었다. 소율은 다른 때 같았으면 그 행렬을 피하려고 일부러 한 정거장 걸어서 버스에 탔을 것이다. 하지만 지금은 그렇게 하지 않았다. 한밤중까지 식당에서 일하는 엄마와 아빠가 부끄럽지 않았기 때문이다.

공연만 보고 식당으로 바삐 달려간 엄마 아빠의 얼굴이 떠오르자 마음이 무거웠다. 자신을 열심히 지원해준 엄마 아빠에게 미안한 마음이 들었기 때문이다. 오늘 자신의 무대 점수는 70점을 밑돌았다. 착지를 제대로 하지 못한 게 두고두고 마음에 걸린 탓이었다. 신물이 넘어올 정도로 연습했으나 결국 실수를 하고 말았다. 서 단장의 눈빛에 신경 써서는 안 됐다. 그 때문에 무대에 집중하지 못한 자신이 너무 후회스러웠다.

'소율아, 택시 타고 와! 내일 또 공연해야 하잖아!'

사람들 앞에서 소율에게 택시비를 건네주며 엄마가 큰 소리로 말했다. 소율은 또다시 얼굴이 화끈 달아올랐다. 언제나 엄마가 부끄러웠다. 엄마는 아무리 차려입어도 후줄근했고, 공들여 드라이한 파마머리는 끝이 갈라져 부스스하기만 했다. 각종 콩쿠르에서 제나 엄마와 나란히 앉아 있는 엄마를 보면 창피해서 숨고 싶은 기분이들 정도였다. 제나 엄마와 너무나 비교됐기 때문이었다. 그런데 지금은 묘하게도 엄마 때문에 자꾸 웃음이 나왔다. 정직하게 번 돈으로 자식에게 투자하는 엄마가 멋지게 느껴졌다.

택시를 타고 오라고 했으나 소율은 버릇처럼 버스 정류장으로 향했다. 버스 정류장에 다다르자 소율의 눈이 예의 그 광고판에 가닿았다. 광고판 한 면에 〈지젤〉 광고 포스터가 들어 있다. 얼마 전 저 포스터 안에 제나가 들어 있었다. 제나는 양손을 가슴에 모은 채 발끝을 세운 자세로 아라베스크 팡세 동작을 하고 있었다. 180도 각도로 치켜올린 그녀의 한쪽 다리는 완벽하게 턴아웃돼 있었다. 모두 유전자 조작 덕분이었다. 그런 줄도 모르고, 포스터 안에 들어 있는 제나가 꼴 보기 싫어 버스를 기다리는 동안 간판을 외면했다. 그런데 얼마 전부터 포스터의 주인공이 바뀌었다. 오늘 〈지젤〉을 공연한 발레리나였다.

제나의 모습이 눈앞을 스치고 지나갔다. 이름을 알게 된 순간부터 자신을 긴장하게 만들었던 발레리나 유제나.

'제나는 지금 어떻게 지내고 있을까……'

12월 말, 밤바람이 양 볼을 차갑게 때렸다. 소율은 다가오는 택시를 얼른 잡아 탔다. 집 주소를 말하자 택시 기사가 백미러로 소율을 힐긋 보더니 내달렸다.

소율은 차창 밖을 물끄러미 내다보았다. 샹들리에 불빛이 찬란한 거리가 이루 말할 수 없이 화려했다. 또다시 제나와 함께 뉴욕시립발레단의 〈지젤〉을 보러 가던 때가 떠올랐다. 오늘 밤처럼 몹시 추운 날이었다. 공연을 보고 집으로 돌아오는 길에 제나가 느닷없는 말을 꺼냈다.

"너, 나 미워하는 거 아니지?"

무슨 뜻인지 잘 몰랐으나 소율은 가슴이 뜨끔했다. 마음을 숨긴 채 제나를 빤히 바라보았다. 제나의 얼굴은 뜻밖에도 어두웠다. 소율이 물었다.

"갑자기 왜 그딴 걸 묻냐?"

제나가 고백하듯 말했다.

"우리 엄마 생각이 나서……. 공연 보면서 엄마가 발레를 그만둔 이유가 갑자기 떠올랐거든."

"왜 그만두셨는데?"

제나는 콧등이 발개져서 잠시 머뭇거렸다.

"오래전에 엄마가 네덜란드 국립발레단에서 발레 할 때 발등을 크게 다치는 사고가 있었어."

"어쩌다가?"

"발레단 단원 중에 누군가 엄마 토슈즈에 유리 조각을 집어넣었대. 그때 엄마는 〈호두까기 인형〉 클라라 역을 맡았는데, 그것도 모르고 무대로 뛰어들어갔다는 거야."

"진짜?"

"그 뒤 엄마는 더 이상 발레를 할 수가 없었어. 누군가 또 토슈즈에 유리 조각을 집어넣을까 봐 무서웠기 때문이야."

조금 뒤 제나는 더욱 무거운 목소리로 이야기를 꺼냈다.

"엄마는 나한테 발레를 가르치면서 몇 번이나 그런 이야기를 했어. 난 무서워서 발레를 하기 싫었어. 나도 엄마처럼 될 수도 있으니까. 근데 난 엄마 땜에 계속 발레를 하고 있어. 우리 엄마는 내가 최고의 발레리나가 되길 바라고 있거든. 우리 엄마는…… 마음이 아픈 사람이야. 그래서 난 하기 싫은데도 발레를 하는 거야."

소율은 안쓰러운 얼굴로 제나를 바라보았다. 언제나 당당하기만 한 제나에게 그런 아픔이 있는 줄 상상도 하지 못했다. 제나가 물끄러미 소율을 바라보더니 또다시 물었다.

"소율아, 넌 내가 그만큼 밉지 않은 거지? 그니까 내 토슈즈에 유리 조각을 집어넣을 정도로 말이야."

그때 소율은 세차게 고개를 저었다. 그러나 속마음을 들킨 것 같아 얼굴이 화끈거렸다.

제나가 유전자를 조작한 아이였다는 사실을 사촌 오빠에게 들었을 때 소율은 몸을 떨었다. 라희의 의도가 확연하게 드러났다. 마음 저 깊은 곳에서 악마들이 떠드는 소리가 들렸다. 악마들이 쭉 찢어진 입을 오물거리며 소율에게 속살거렸다.

"제나를 발레단에서 영원히 사라져버리게 만들어! 이건 너에게 기회야!"

소율은 귀를 막으며 고개를 저었다. 그러나 내면에서 흘러나오는 악마의 소리가 또다시 소율을 다그쳤다.

"아니, 뭘 망설여! 네가 바라던 일이 곧 일어날 텐데. 제나만 사라지면 넌 최고가 될 수 있어!"

소율은 울음을 터뜨렸다. 뜻밖에도 양심의 가책이 슬며시 고개를 들고 일어났다. 제나에게 그렇게 할 수 없었다. 토슈즈에 유리 조각을 집어넣고 싶을 만큼 제나가 미웠다. 제나만 사라지면 자신의 노력으로 세계 최고 발레리나가 될 수 있을 것 같았다. 그러나 오래전 자신을 향해 던진 제나의 물음이 소율의 마음을 아프게 만들었다.

'너, 날 미워하는 건 아니지? 내 토슈즈에 유리 조각을

집어넣을 정도로 말이야.'

자신의 마음을 꿰뚫고 있던 제나의 물음이, 소율에게 유전자 조작 기록을 발설하지 말라고 경고했다.

시간이 조금 더 지나자 뜻밖에도 소율은 마음이 편안해졌다. 아무리 노력해도 제나를 뛰어넘을 수 없었는데 그 이유를 알아냈기 때문이다. 자신과 제나는 처음부터 공정하지 않은 게임판 위에 올라서 있었다. 그 누구도 제나를 이길 수 없는 게임이었다. 어렵사리 그 사실을 알았으나 소율은 이번에는 좌절하지 않았다. 그러기는커녕 자신이 대견하게 느껴졌다. 소율이 서 단장을 롤 모델로 품고 있었던 이유 중 하나는 예술에 대한 그녀의 신념이었다. 서 단장은 예술은 오로지 인간의 노력만으로 만들어내는 아름다운 성취라고 말했다. 소율은 그 어떤 인공 장치 없이 오로지 노력만으로 일군 자신의 성과에 처음으로 만족했다.

'그래, 누군가와 비교할 필요 없어! 이제부턴 정말로 발레에만 집중할 거야!'

소율은 제나를 의식했던 지난 시간들이 아깝게만 느껴졌다. 그 때문에 자신의 마음은 지칠 대로 지쳐버렸다. 그러나 이제 그렇게 하지 않을 생각이었다. 앞만 보고 달리다 보면 언젠가 최고가 될 거라고 믿었다. 이 사건이 터지기 전의 서 단장처럼.

'그런데 왜 단장님이 자신의 신념을 저버리는 행동을 했을까…….'

소율은 아무리 생각해도 그 이유를 알 수가 없었다.

택시가 거리를 내달렸다. 어느덧 소율은 내일 공연 생각에 빠져들었다. 그러자 몹시 긴장됐다. 실수를 반복해서는 절대 안 된다. 더 이상 서 단장의 눈빛을 의식해서도 안 된다. 소율은 언제나처럼 자신을 다그치며 불빛 환한 거리를 내달렸다.

26

공항 게이트를 나오자 야자수 나무가 서 있는 정원이
눈에 들어왔다. 한겨울 제주 날씨는 그다지 춥지 않았다.
제나는 두툼한 패딩 점퍼를 캐리어 위에 올려놓은 뒤 키
큰 야자수 나무를 바라보았다. 아빠는 제나가 제주에서
머물길 바랐다. 잠깐이라도 좋으니 꼭 다녀갔으면 좋겠
다고 말했다.

제나는 시간이 어떻게 흘러갔는지 몰랐다. 자신이 유
전자를 조작한 아이였다는 사실을 알아냈고, 아빠에게
끊임없이 전화가 걸려왔고, 〈지젤〉 공연에서 빠진 자신
때문에 엄마가 앓아누웠다. 제나는 그 시간이 너무 고통
스러웠다. 발레를 그만둬야 할지도 모르는 상황 때문이

아니라 흔들리는 자신의 정체성 때문이었다. 자신이 프랑켄슈타인이 탄생시킨 괴물 같다는 생각을 했다. 프랑켄슈타인 박사는 자신이 창조한 인간을 보고 충만감에 희열을 느꼈을지 모르지만, 괴물은 그렇게 생각하지 않았다. 괴물은 처음부터 태어나길 원하지 않았다. 흉측한 모습으로 괴물을 만들어놓고, 괴물의 존재를 부정해버리는 프랑켄슈타인. 그런 생각 때문에 제나는 도무지 엄마의 얼굴을 마주 볼 수가 없었다. 미안하다고 말하지 않는 엄마 때문에 너무나 화가 났다. 엄마는 아직도 자기가 한 일에 대해 아무런 양심의 가책을 느끼지 않았다. 그러기는커녕 원하는 것을 갖지 못하자 응석받이처럼 앓아누워 시위를 했다.

"제나야, 영국 발레단으로 가자. 내 계획은 처음부터 영국 발레단이었어. 네가 조금이라도 편안한 곳에서 발레를 할 수 있도록 우리나라를 선택한 거야. 외국 생활이 몹시 고달프다는 걸 누구보다도 엄마가 잘 알고 있잖아. 난 네가 발레를 하지 못하는 걸 용납할 수 없어. 모두 널 최고의 발레리나로 만들기 위해서였어."

제나는 눈물을 흘리는 엄마를 가만히 불렀다.

"엄마……."

"응. 제나야, 뭐든 다 말해봐."

제나는 바짝 조바심을 내는 엄마를 보며 조소를 띠었다.

"엄마가 만들어준 내 삶에 내가 대단히 만족하며 살 줄 알았어요?"

엄마가 멍한 눈으로 제나를 바라보았다. 제나는 핏기 하나 없는 얼굴로 이어 말했다.

"천만에요! 나보고 맨날 열정이 부족하다고 말했죠? 왜 독하게 연습하지 않느냐고 나무랐죠? 왜 그랬는지 아세요? 왜냐하면 난 발레를 하고 싶지 않았기 때문이에요. 하고 싶지 않은 일에 어떻게 열정을 쏟아부을 수가 있겠어요. 엄마, 이제 그 이유를 알겠죠?"

수연은 잠시 뜨악한 표정을 짓더니 더욱 절박하게 제나에게 매달렸다.

"제발 엄마를 위해 이번 한 번만 마음을 돌려주면 안 되겠니? 엄마가 다 책임질게. 응?"

"엄마, 왜 내가 발레를 해야 해요?"

"그, 그건……."

"그건 엄마가 행복하기 때문이겠죠. 내 행복을 위해서라고 말하지 마세요. 난 발레 하면서 행복하다고 느낀 적이 한 번도 없었으니까요."

엄마가 제나를 바라보며 입술을 파르르 떨었다. 제나의 낯빛은 더욱 싸늘하게 식었다.

"그러니까 이제 더 이상 엄마한테 휘둘리지 않을 거예요. 나도 이제 곧 성인이 돼요. 이제부턴 내가 모든 걸 결정할 거예요."

흐느껴 우는 엄마의 울음소리를 들으며 제나는 캐리어에 짐을 싸기 시작했다. 아빠의 말이 옳았다. 엄마와 한집에서 지내는 건 서로의 영혼을 갉아먹는 짓이었다. 잠깐이라도 떨어져 있어야 했다.

어젯밤 제나는 엄마의 고백을 들었다. 엄마는 흐느끼며 자신이 왜 그토록 사랑하던 발레를 떠날 수밖에 없었는지 이야기했다. 자신의 유전자 조작 사건에 왜 서 단장이 동참하게 됐는지도. 하지만 제나에게는 아무런 감흥이 없는 이야기였다. 그러니까 엄마와 서 단장의 길고 긴 악연으로 빚어진 스토리가 제나에게 다시 발레를 하고 싶게 만들지 않았다. 엄마는 완전히 착각하고 있었다. 서 단장의 야비함은 말할 것도 없고, 20년 가까운 세월 동안 유리 조각을 간직하고 있던 엄마도 이해할 수가 없었다.

흰색 자동차에서 아빠가 내리는 모습이 보였다. 제나는 부랴부랴 달려오는 아빠를 보고도 얼굴이 밝아지지 않았다.

"제나야."

아빠가 제나를 부르며 품에 꼭 안았다. 제나는 코끝이

시큰했다. 수시로 전화를 하며 미안하다고 말했으나, 제나는 아직도 아빠한테 화가 났다. 진작에 말해주었다면 이토록 마음을 크게 다치지 않았을 텐데. 아빠의 부름에 따른 건 또 다른 이유 때문이었다. 별이 보고 싶었다. 밤하늘에 빛나는 수많은 별들을 볼 수 있다면, 심장을 누르는 압박에서 벗어날 수 있을 것만 같았다.

"어서 집으로 가자. 아르가 널 많이 기다리고 있어."

처음으로 제나가 입을 열었다.

"저도 아르가 많이 보고 싶어요……."

태영은 제나를 살펴보았다. 태영의 눈빛에 슬픔이 배어들었다. 제나는 아빠가 또 미안하다는 말을 꺼낼 것 같아 고개를 돌렸다.

자동차를 타고 서귀포 쪽으로 달리기 시작했다. 태영은 일부러 해안 도로 쪽으로 차를 몰았다. 일몰이 아름다운 제주 바닷가를 딸에게 보여주고 싶었기 때문이다. 낮은 산과 들판 길을 벗어나자 해안 도로가 나왔다. 제나는 차창에 바짝 다가앉아 노을 지는 주위를 내다보았다. 하늘과 바다, 산과 들에 있는 모든 것들이 온통 주홍빛으로 물들었다. 다른 때 같으면 이 황홀한 광경에 손뼉을 치며 좋아했을 테지만, 마음이 움직이지 않았다. 차갑게 얼어붙은 심장이 좀처럼 녹아내릴 기미가 보이지 않았다. 수평선 아래로 떨어지는 붉은 태양을 묵묵히 바라보다 제나가 입을 열었다.

"아빠……. 그 사실을 왜 내게 알려주지 않았어요? 아빠는 말해줄 수 있었잖아요?"

태영이 제나를 힐긋 보았다. 다시 정면을 향해 눈을 두며 천천히 말했다.

"네 엄마의 바람이었어. 네 엄마의 바람이 너무나 절박해서 너한테 고백할 수가 없었어."

제나는 아랫입술을 깨물었다.

"언제나 엄마 때문이었죠. 난 엄마 때문에 걸음마를 떼자마자 발레를 해야 했고, 엄마 때문에 다른 건 꿈조차 꾸지 못했죠. 아빠는 늘 뒤에서 방관만 하고 있었고요."

태영은 말없이 운전에 집중했다. 그의 얼굴이 곤혹스러움으로 일그러졌다.

"그래, 아빠가 많이 잘못했다. 엄마를 뜯어말렸어야 했는데 그러지 못했으니까. 하지만, 엄마는 병적으로 너한테 집착했어. 그 누구도 말릴 수가 없을 정도로."

이번에는 제나가 잠자코 있었다. 아빠가 다시 말했다.

"아빠는 언제나 너한테 미안한 마음을 갖고 지냈어. 결국 이런 날이 올까 봐 하루도 마음 편할 날이 없었지. 그것만큼은 네가 알아주면 좋겠다."

턴아웃

제나는 다시금 차창 밖으로 눈을 두었다. 수평선 위 하늘이 어느덧 검붉은 빛을 띠고 있었다. 제나는 아빠의 입장을 이해하려고 애쓰고 싶지 않았다. 18년이라는 삶이 온통 부정당한 마당에 아빠를 이해하려고 애를 쓰다니. 도대체 말이 되지 않았다.

점점 어둑해지는 하늘에 눈을 두고 있는데, 휴대전화 신호음이 울렸다. 로미한테서 전화가 왔다. 그제야 제나의 눈빛에 생기가 스며들었다.

휴대전화 속에서 로미가 들뜬 목소리로 말했다.

"제나야, 완전 기쁜 소식이 있어. 드디어 이 로미 양께서 영국으로 날아가신다! 런던행 티켓을 끊었다고!"

제나가 심드렁하게 물었다.

"영국엔 뭐 하러?"

"런던에 가서 나노칩 시술 받기로 했어."

"뭐라고!"

제나는 자세를 바로 하고 앉았다.

"드디어 내가 엄마 아빠를 설득했지."

"어쩌려고?"

"그니까 합법적인 방법으로 시술하려고 영국으로 가는 거야. 엄마 아빠는 내가 또 한국에서 사고를 칠까 봐 완전 불안했던 거지 뭐. 너도 그랬잖아. 시술할 거면 제대

215

로 하라고."

"그래서? 정말 그곳 발레단에서 활동하려고?"

"당연하지! 참, 그림이도 영국으로 가서 다시 시술받을 지도 몰라. 이제 거의 다 나았다고 했어. 그림이 개, 진짜 대단하지 않냐?"

제나는 발레를 향한 두 아이의 굳은 의지에 혀를 내둘렀다. 어떻게 그토록 엄청난 일을 당하고도 나노칩 시술을 하기로 결심할 수 있을까. 그러나 제나는 진심으로 로미가 부러웠다. 발레에 바치는 그 아이의 열정이야말로 방금 전 온 섬을 달구던 태양만큼이나 뜨거웠다. 로미가 새삼 참 행복한 아이라는 생각을 했다.

조금 뒤 로미가 차분한 목소리로 말을 꺼냈다.

"너…… 발레 그만두는 거 아니지?"

제나가 얼버무렸다.

"잘 모르겠어……."

"유제나, 제발 그만두지 마! 과학 시술 같은 건 하나도 중요하지 않아. 어쨌든 넌 내가 본 발레리나 중 최고였어. 그니까 지금도 난 네가 부러워 죽겠단 말이야!"

로미의 말에 제나는 쓴웃음을 지었다. 그 최고의 발레리나는 결국 유전자 조작 덕분이었다. 제나는 그 사실을 로미처럼 아무렇지 않게 받아들일 수 없었다. 높은 도약

턴아웃

과 완벽한 턴아웃, 고강도 훈련 없이도 탄탄하게 만들어진 근육과 마른 몸매, 큰 부상 없이 도달한 최고 발레의 경지…… 그 모든 건 과학 시술에 보내는 찬사에 다름 아니었다. 그 사실 앞에서 제나는 낯이 뜨거워 고개를 들 수가 없었다. 모두들 자신을 향해 가짜라고 손가락질하는 것만 같았다.

조금 있으면 로미가 함께 영국으로 가자고 조를 것 같았다. 그 말을 꺼내기 전에 제나가 먼저 말을 꺼냈다.

"지금 아빠랑 같이 서귀포로 가는 중이야. 다음에 통화해."

로미가 말했다.

"그래? 다음에 내가 다시 전화할게."

그러고는 또다시 덧붙여 말했다.

"너, 발레 그만두면 진짜 안 돼! 난 너랑 같이 발레 하고 싶어. 영원히!"

제나는 로미의 호들갑에 살짝 웃고 말았다. 대답을 하지 않은 채 휴대전화를 끊었다. 더 이상 발레 이야기를 꺼내고 싶지 않은 탓이었다.

태영이 운전석에 앉아 제나를 곁눈질했다.

"누구?"

"로미예요."

태영도 로미에 대해 들어 알고 있었다.

"그 친구가 또 나노칩 시술을 받겠다고 하니?"

"네."

"발레를 정말 잘하고 싶은 모양이구나. 용기가 대단하다."

제나는 차창 밖으로 눈을 두었다. 태영이 조심스레 물었다.

"제나야, 넌 어떻게 할 생각이니? 발레를 그만두려고 마음먹었니? 얼마 전에 엄마하고 통화했어."

제나가 태영을 힐긋 보았다. 다시금 차창 밖으로 눈을 두며 말했다.

"아직 잘 모르겠어요……. 하지만 발레를 계속할 것 같지는 않아요. 로미처럼 영국으로 가서 발레 할 생각은 없으니까요."

조금 뒤 태영이 물었다.

"발레를 그만두면 후회하지 않을까?"

제나는 그대로 차창 밖에 눈을 두었다.

"글쎄요……. 하지만 계속한다고 해도 후회할 것 같아요……."

애매한 대답이었으나 지금 제나의 마음은 그랬다. 제나는 자신의 마음을 제대로 읽을 수가 없었다.

27

    어느덧 서귀포 한적한 마을에 있는 태영의 집에 도착했다. 태영의 집은 마당이 넓었다. 넓은 마당 좌우는 온통 흙밭이었다. 차로 조금 더 달린 뒤 멈추자 1층짜리 목조 주택이 나왔다. 태영이 붉은 흙밭을 손으로 가리키며 말했다.

    "저 마당에서 아빠가 농사를 짓고 있어. 작년엔 콩, 깻잎, 고추 농사를 많이 지었는데 올해는 배추와 무 농사를 지을까 싶다."

    태영이 그을린 얼굴로 흐뭇하게 웃었다.

    자동차 소리에 현관문을 열고 큰 개 두 마리가 뛰어나왔다. 바로 뒤에서 아르가 양손을 흔들며 달려왔다. 조금 있자 아줌마가 앞치마를 맨 모습으로 눈웃음을 지으며 두 사람을 맞이했다.

"제나야, 어서 와. 아르가 널 기다리느라고 현관문 앞에서 꼼짝도 하지 않았어."

그러고 나서 아줌마는 또다시 눈웃음을 지었다. 제나는 그녀가 웃는 모습이 아빠를 닮았다고 생각했다. 웃을 때면 초승달처럼 가늘어지는 눈 모양이 보기 좋았다. 아줌마는 따뜻한 사람이었다.

저녁을 먹고 나서 제나는 아르와 함께 태영이 일하는 천문대로 향했다. 서귀포천문대는 집에서 그리 멀지 않았다. 15분쯤 달리자 어두컴컴한 언덕에 드문드문 불빛을 밝힌 건물이 드러났다.

전파망원경을 보는 순간 제나는 가슴이 두근거리기 시작했다. 태영이 말했다. 전파망원경으로 외계인의 신호를 감지하고 있다고. 태영은 외계인들의 존재를 믿었고, 그들과 소통을 시도하는 천문 과학자였다.

"자, 우리 딸들, 망원경으로 겨울 별자리를 감상해볼까?"

태영이 천체 망원경이 있는 곳으로 제나와 아르를 데리고 갔다. 밤의 제주는 바람이 매웠다. 발목까지 내려오는 패딩 점퍼를 입은 제나는 후드를 뒤집어쓰고 마스크를 쓴 터라 두 눈만 빠끔 보였다. 아르도 언니를 따라 한

턴아웃

다면서 후드를 뒤집어쓰고 마스크를 했다.

제나는 겨울 밤하늘을 오래도록 올려다보았다. 육안으로도 별들이 훤히 다 보였다. 수많은 별들이 어느 순간 빗줄기처럼 주룩 흘러내릴 것만 같았다. 별의 수만큼이나 광활한 우주를 느끼는 기분이 들었다. 언제나 보고 싶었던 밤하늘의 장관이었다.

천체 망원경에 눈을 갖다 댔다. 별들이 성큼 눈앞으로 다가왔다. 빛의 밝기와 모양이 무척 선명해졌다. 순간, 제나의 얼굴에 소름이 돋아났다. 우주 한가운데 떠 있는 듯한 경이로움에 온몸이 떨려왔다.

조금 있자 옆에서 아빠가 말하는 소리가 들렸다.

"얘들아, 저기 오리온 별자리 보이지? 오리온자리 중에서 저 붉은 별이 베텔게우스고, 파란 별이 리겔이란다. 제나, 넌 잘 알고 있지?"

제나도 물론 오리온 별자리를 알고 있다. 어릴 적 겨울밤, 아빠와 함께 숱하게 봐 온 별자리를 기억하지 못할 리가 없었다. 한 손에 방패를 들고 다른 손에는 방망이를 치켜들고 서 있는 거인 사냥꾼 오리온. 오리온자리는 어릴 적부터 제나의 가슴을 두근거리게 만드는 별자리였다.

태영이 천체 망원경 앞에 서서 아르를 안아 들고 계속 이야기를 했다. 제나는 어두운 주위를 휘 둘러보았다. 겨우 잠잠해진 가슴속이 또다시 헝클어지는 기분이 들었다.

사건이 터지고 얼마 뒤 제나는 서 단장을 찾아갔다. 서 단장을 만나 말을 해야 할 것 같아서였다. 가슴속에서 불덩이 같은 게 타올라 훅 뱉어내야 할 것만 같았다.

"단장님, 저…… 이번 공연 할 수 없어요."

어렵지 않게 말이 튀어나왔다. 서 단장은 눈가가 붉어진 채 제나를 뚫어지게 보고만 있었다. 그러다 고개를 돌리고 허공을 응시했다. 지젤 역에서 물러나라고 말한 사람은 아무도 없었다. 하지만 제나는 곧 물러날 수밖에 없는 상황에 처할 터였고, 스스로 먼저 그렇게 말하고 싶었다.

조금 뒤 제나는 다시 서 단장을 향해 단호한 눈빛으로 물었다.

"그게 맞는 거죠? 그렇죠, 단장님?"

서 단장은 여전히 제나의 눈을 마주 보지 못했다. 제나는 왈칵 눈물이 쏟아질 줄 알았다. 불덩이 같은 화가 튀어나와 서 단장에게 크게 소리를 지를 줄 알았다. 그런데 눈시울을 붉힌 채 자신을 외면하는 서 단장을 보고 있노라니 그러고 싶은 마음이 싹 가셨다. 폐허가 돼버린 벌판에 홀로 남아 있는 것만 같아 그곳에 더 머물고 싶지 않았다. 제나는 서 단장의 창백한 얼굴을 한 번 더 바라본 뒤 단장실을 나왔다.

턴아웃

다시금 태영과 아르에게 눈길을 두었다. 아르는 가끔씩 밤하늘을 손으로 가리키며 별자리에 대해 물었고, 태영의 설명에 고개를 끄덕였다. 망원경에서 눈을 뗀 아르가 느닷없이 질린 얼굴로 말했다.

"난 별들이 무서워! 별들이 우리한테로 막 쏟아져 내릴 것만 같잖아!"

정말로 무서웠는지 아르가 주먹을 꼭 쥔 채 몸을 바들바들 떨었다. 제나는 그 모습이 귀여워 아르를 꼭 안아주었다. 아르가 갑갑한 듯 제나의 품에서 벗어나며 말했다.

"언니, 난 언니가 발레 하는 걸 보는 게 훨씬 좋아. 나도 이담에 발레리나 될 거야."

태영이 웃으며 말했다.

"아르의 부탁을 들어주렴. 그야말로 밤하늘 아래 펼쳐진 야외 공연장이구나."

제나는 담담한 얼굴로 주위를 둘러보았다. 밤의 공연장은 별빛으로 더없이 화려하고 웅장했다. 관객은 단 두 명, 자신을 진심으로 응원하는 사람들이었다.

'어쩌지, 난 정말로 발레가 하고 싶지 않은데······.'

말간 얼굴로 자신을 쳐다보는 아르를 보다 밤하늘을 올려다보았다. 밤이 깊어갈수록 별들이 더욱 반짝이며 빛을 냈다. 그 가운데 유난히 빛나는 별 하나가 눈에 들어왔다. 제나는 그 별이 마치 소율이 같았다. 발레를 하고 있는 그 아이의 눈빛은 열에 들떠 빛났다. 제나가 늘 가지고 싶었던 바로 그 열망의 빛이었다. 눈을 감았으나 별빛이 아른거리며 계속 제나의 마음에 남았다.

제주도로 내려오기 전날, 제나는 고민 끝에 소율에게 책 한 권을 우편으로 보냈다. 『창백한 푸른 점』. 책 속에 들어 있는 소중한 이야기들을 소율이 꼭 읽었으면 해서였다. 몇 개의 문장을 제나는 지금도 외우고 있었다. 아빠는 거대한 우주에서 지구는 하나의 외로운 티끌에 불과하다는 문장에 선명한 밑줄을 그어놓았다. 솔직히 새로울 게 없는 말이었으나 그 문장은 묘하게도 제나의 마음을 편안하게 만들었다.

힘들 때마다 소율이 이 문장을 기억하길 바랐다. 광활한 우주 속에서 지구라는 행성은 고작 하나의 점뿐이라는 걸. 그리고 최고를 향해 가는 고단한 여정 속에서, 혹은 최고가 되어 내려갈 일만 남아 있다는 불안함 속에서, 시공간을 건너뛰며 가만히 지켜보면 우리는 한낱 작은 점이나 먼지일 뿐이고, 모든 건 다 지나갈 일이니 그렇게 슬퍼하거나 괴로워하지 말라고 말해주고 싶었다. 소율은 제나 자신에게 선의의 경쟁자였고, 엄마 이야기를 털어놓은 유일한 친구였다. 그래서 제나는 진심으로 소율을 응원했다.

빛나는 별들을 한없이 바라보며 제나는 깊은 생각에
잠겼다. 과연 자신이 바라던 꿈이 무엇이었는지를 골똘
히 생각해보았다……

아르가 또다시 제나를 보챘다.

"언니, 발레 해줘! 무지무지 보고 싶어!"

제나는 땅바닥에 발끝을 세우고 섰다. 스니커즈를 신
었으나 까슬한 흙 느낌이 그대로 묻어났다. 버릇처럼 숨
을 크게 내쉬고 난 뒤, 높게 뛰어오르며 두 다리를 죽 펼
쳤다. 허공에서 그녀의 발끝과 발끝이 완벽한 수평을 이
루었다.

지난밤 꿈처럼 수많은 별들이 제나의 머리 위로 쏟아
져 내렸다. 허공에 머문 채 제나는 양손 가득히 별을 담아
가슴에 품었다.

『턴아웃』창작 노트

몇 해 전 우연한 기회로 발레 공연을 보러 간 적이 있
었다. 내한한 외국 발레단의 공연은 그 유명한 〈백조의
호수〉였다. 고백하자면, 특별히 발레를 좋아하거나 발레
리나들에게 관심을 가지고 있지 않았다. 그런데 웬걸, 공
연이 시작되기 20여 분 전부터 공연장 로비가 사람들로
북적거렸다. 발레리나처럼 보이는 이들과 발레리나 지망
생으로 보이는 예술학교 학생들이 눈에 띄었다. 그들은
들뜬 얼굴로 공연 시간을 기다리는 눈치였다. 그 모습을
가만히 지켜보는 것만으로도 공연을 보러 오길 잘했다는
생각이 들었다. 발레에 대한 열망을 그 짧은 시간에 엿보
았기 때문이다.

두 시간 가까운 공연을 보고 난 뒤 나는 무용수들에게 진심으로 찬사를 보냈다. 발레는 생각했던 것보다 훨씬 더 경이로운 춤의 세계였다. 또 아무나 할 수 있는 예술이 아니라는 생각이 강하게 들었다. 얼마나 혹독하게 연습 했으면 저렇게 허공을 훨훨 날아다닐 수 있을까. 세계적 인 발레리나 강수진의 맹렬한 연습 후유증은 정말로 이 유가 있었다.

그 뒤 발레리나들의 이야기를 가슴에 담고 있었다. 그 러나 뜻대로 풀어지지 않아 한동안 글을 쓸 수가 없었다. 시간이 흐른 뒤 다시 SNS에 올라와 있는 발레리나들의 일상을 찾아보았다. 그들은 하나같이 이렇게 말하고 있 었다. 무대는 더할 나위 없이 화려하지만 자신들은 모두 골병이 들어 있다고. 젊고 아름다운 발레리나들이 뼈와 근육 만성질환을 앓고 있다는 것이다. 그 순간, 나는 글을 쓸 수 있을 것 같은 생각에 사로잡혔다. 너무나 미안하게 도 발레리나들의 육체적인 고통에서 이 글의 영감을 얻 었다.

유전자 조작이라는 소재를 가져왔으나 이 글은 가까운 미래 청소년들의 꿈에 대한 이야기이다. 유전자 조작 시 술이 만연한 사회, 예술에 대한 신념이 다른 소녀들이 끊 임없이 고민하며 자신의 꿈을 찾아가는 이야기라고 할까. 문제는 최고의 발레리나 주인공 때문에 글을 쓰는 내내 고민에 빠졌다. 과학 시술로 이미 최고 발레리나라는 찬사를 받고 있는데, 굳이 다른 꿈을 찾으려고 할까? 그러나 발레리나의 꿈이 자신의 의지가 아니었다면 이야기가 달라질지도 모른다는 생각이 들었다. 부모나 타인의 강요에 의해 만들어진 꿈이라면, 그건 가짜일지도 모른다고. 과학의 힘을 빌어 맞춤형 아기가 태어나는 현실은 솔직히 좀 섬뜩하다. 그 맞춤형 아기가 프랑켄슈타인의 괴물처럼 창조주를 원망하는 일이 벌어질지도 모르기 때문이다.

하고 싶은 일을 하면서 살 수 있는 건 큰 축복이라는 생각을 종종 한다. 정말로 하고 싶은 일이 생긴다면, 꼭 밀고 나가라고 말해주고 싶다. 재능이 부족하다는 생각에, 때로는 자신의 꿈이 너무 비현실적이라는 생각에 좌절할 때도 있겠지만, 노력하다 보면 언젠가 행복한 자신과 마주할 거라고 믿는다.

이 작품을 쓰기 위해 쏟아부은 많은 시간과 에너지에도 나를 겸손하게 만드는 작가가 한 분 있다. SF작가 낸시 크레스의 『허공에서 춤추다』라는 중편소설이 없었다면, 이 글의 방향을 잡는 데 무척 애를 먹었을 것이다. 이 글의 지도와도 같은 작품을 먼저 읽게 해준 낸시 크레스 작

턴아웃

가에게 진심으로 감사드린다. 또한 나를 논리적이고 신비한 SF세계로 이끌어준 많은 작가들에게도 감사의 인사를 드린다.

원고를 읽고 칭찬해주신 SF평론가 박상준 선생님, 그리고 내 작품의 첫 독자이자 비평가인 박정임, 김서경, 이민진에게 감사와 사랑의 인사를 드린다. 책을 만들어주신 특별한서재 출판사 여러분들에게도 고개 숙여 인사드린다.

2023년 2월 하은경

턴아웃

ⓒ하은경, 2023

초판 1쇄 발행일 | 2023년 3월 7일
초판 4쇄 발행일 | 2024년 5월 20일

지은이 | 하은경
펴낸이 | 사태희
편 집 | 최민혜
디자인 | 홍성권
마케팅 | 장민영
제 작 | 이승욱 이대성

펴낸곳 | (주)특별한서재
출판등록 | 제2018-000085호
주 소 | 08505 서울특별시 금천구 가산디지털2로 101 한라원앤원타워 B동 1503호
전 화 | 02-3273-7878
팩 스 | 0505-832-0042
e-mail | specialbooks@naver.com
ISBN | 979-11-6703-071-9 (43810)